Fiancés en urgence

CATHY WILLIAMS

Fiancés en urgence

Traduction française de
BARNABÉ D'ALBES

AZUR
HARLEQUIN

Collection : Azur

Titre original :
EMERGENCY ENGAGEMENT

HARPERCOLLINS FRANCE
83-85, boulevard Vincent-Auriol, 75646 PARIS CEDEX 13
Service Clients — https://www.harlequin.fr/contenu/contactez-nous
ISBN 978-2-2805-1731-7 — ISSN 0993-4448

Édité par HarperCollins France.
Composition et mise en pages Nord Compo.
Imprimé en juin 2025 par CPI Black Print (Barcelone)
en utilisant 100% d'électricité renouvelable.
Dépôt légal : juillet 2025.

MIXTE
Papier
FSC FSC® C159065

Pour limiter l'empreinte environnementale de ses livres, HarperCollins France s'engage à n'utiliser que du papier fabriqué à partir de bois provenant de forêts gérées durablement et de manière responsable.

1

Un instant… voilà. Elle respirait. Doucement.

Il suffisait de respirer doucement, et tout irait bien.

Samantha leva les yeux vers le bloc de béton cerné par les gratte-ciel de la City et inspira encore l'air hivernal. À côté des prouesses architecturales en acier et en verre multicolore des autres buildings, le siège du groupe Moreno était un modèle de sobriété. Le cube de cinq étages, rectiligne, gris et froid, était presque effrayant.

À peine eut-elle franchi les hautes portes du hall qu'elle eut confirmation du climat de rigueur qui régnait dans l'entreprise. Ses semelles claquèrent sur le luxueux sol de marbre blanc, et elle fut frappée par l'élégance minimaliste de l'immense comptoir de granit derrière lequel les agents d'accueil étaient fort bien dissimulés.

Tandis qu'elle approchait, l'appréhension revenait, et elle se sentait, comment dire… déplacée ? Pas du tout dans son élément ? Comme un poisson hors de l'eau ? Au prix d'un immense effort, elle s'efforça de surmonter cette gêne en se rappelant qu'elle allait jouer son avenir. Alors oui, serrant contre elle le portfolio qui contenait toute sa vie, du moins cinq années de labeur acharné, d'espoirs et d'ambitions nourris à la sueur de son front, elle était déterminée à réussir.

Au cœur de Londres, dans l'univers impitoyable du marché mondialisé, une ambiance électrique régnait dans la majorité des bureaux. Forcément, non ? Sam avait imaginé des hommes et des femmes courant partout, un smartphone dans une main, un dossier dans l'autre, et elle se sentit désarçonnée par le climat de sérénité absolue qu'elle trouvait ici. Le hall était quasiment vide, et les rares personnes qui le traversaient avaient le pas lent et assuré d'une altesse royale.

En fait, le siège de Moreno avait tout d'une forteresse, à en juger par les prouesses de patience et d'insistance qu'elle avait dû déployer pour obtenir un rendez-vous ici. Elle le regrettait, maintenant : elle aurait dû *exiger* que Rafael Moreno se déplace jusque chez elle, dans le Yorkshire. Ce n'était pas à elle d'effectuer un si long voyage à ses frais, pour rencontrer celui qui avait décidé de ruiner sa vie entière !

Enfin tant pis. Elle était venue à la montagne : autant la gravir.

Grâce à Phil, ami depuis l'école primaire, devenu directeur adjoint de la petite banque communautaire. Ses conseils de gestion avaient toujours été profitables et c'était lui qui avait eu l'idée : prier Clifford d'obtenir à Sam la faveur d'un rendez-vous avec Rafael Moreno. Après tout, Clifford lui devait bien ça.

Et puis, l'avantage numéro un dans une petite ville où tout le monde se connaissait, c'est qu'on se serrait les coudes. La corvée du trajet jusqu'à Londres ? Maigre prix à payer pour mettre à profit un tête-à-tête avec l'odieux big boss en personne.

Elle posa une main sur le granit glacé du comptoir derrière lequel deux jeunes femmes d'une beauté renversante pianotaient sur des écrans ultrafins.

— Bonjour, j'ai rendez-vous avec M. Moreno, déclara-t-elle avec simplicité.

Son interlocutrice ne leva pas les yeux vers elle.

— Votre nom ?

— Samantha Payne.

Elle regarda la superbe sirène blonde toucher son écran et acquiescer d'un hochement de tête.

— Les ascenseurs se situent au fond à gauche. Dernier étage. Vous serez accueillie et escortée. Je suis priée de vous rappeler que M. Moreno a un agenda très chargé, et qu'il ne pourra hélas vous accorder plus de vingt minutes d'entretien.

— Rassurez-vous, je ne manquerai pas de témoigner à Son Excellence mon infinie gratitude pour son aumône, conclut Samantha les dents serrées, obtenant enfin l'attention de l'hôtesse.

Elle sentit le regard sidéré de la belle blonde la suivre tandis qu'elle se dirigeait droit vers les ascenseurs. Lorsque le mur de béton brut s'ouvrit pour faire apparaître une luxueuse cage de verre fumé, elle retint son souffle. Son cœur se mit à battre à coups redoublés dès qu'elle effleura la touche 5 sur l'écran de contrôle. Elle aurait mieux fait de prendre l'escalier, de s'offrir encore deux ou trois minutes pour se préparer psychologiquement... oh, et puis non. Elle aurait couru le risque de paniquer.

Et comment ne pas être la proie d'une panique à l'état pur, alors qu'elle était sur le point de jouer son avenir tout entier dans un face-à-face avec Rafael Moreno ?

Un milliardaire, entrepreneur aux multiples casquettes, connu pour avoir gravi tous les échelons de la réussite par son agressivité dans les affaires. En dehors du monde de l'industrie, il avait également acquis une certaine renommée pour sa présence en une des tabloïds, au moins une fois par mois, au bras d'une bimbo... chaque fois différente. Le play-boy préféré des starlettes de *fashion weeks* ou des influenceuses de maquillage avait surtout réussi à devenir, dès l'âge de vingt-cinq ans, un génie de la tech apte à bâtir un empire qui comprenait désormais des branches dans l'immobilier, le tourisme et – plus récemment – le grand vin.

Un genre de tank inarrêtable, une machine à gagner, une fusée au moteur surpuissant.

Pourtant, rien ne prédestinait ce Rafael Moreno à se hisser au sommet de la réussite, de la fortune et de la gloire, lorsque Sam se rappelait l'adolescent qu'elle avait connu. Oui, la métamorphose avait quelque chose de surnaturel...

À l'instant où les portes s'ouvrirent, elle trouva une nouvelle femme parfaite face à elle. Maquillage de star de cinéma, chignon lisse impeccable, jupe crayon moulant des jambes de déesse, sourire et regard d'androïde. Sans un mot, l'inconnue lui fit signe de la suivre. Derrière les vitres du couloir qu'elles traversaient, Samantha aperçut des dizaines de boxes spacieux, équipés chacun d'un poste de travail avec vue sur les quais de Londres. Bureau en chêne, fauteuils en cuir, et trois ou quatre écrans incrustés dans les cloisons... Bon sang, combien d'ordinateurs fallait-il à chaque employé ? Que faisaient-ils de toutes ces machines ?

— Je dois vous avertir que M. Moreno...

— Est un homme important et très occupé qui a peu de temps à me consacrer, coupa-t-elle. Oui, je sais. On me l'a déjà dit à l'accueil. Ne vous inquiétez pas, j'ôterai les menottes et il pourra sortir de sa geôle dès qu'il aura écouté ce que j'ai à lui dire.

Un silence de plomb suivit son intervention, mais elle fut invitée à franchir le seuil d'une pièce. Dès que la porte se referma derrière elle, elle sentit l'adrénaline fuser dans ses veines.

Voilà, elle avait pénétré l'antre du démon. Elle serrait les poings depuis qu'elle se trouvait au siège du groupe, elle attaquait les innocentes employées pour se préparer à affronter un redoutable attaquant, mais... *elle n'était pas prête.*

Cet homme représentait tout ce qu'elle détestait. Elle détestait déjà son comportement treize ans plus tôt, lorsqu'il avait surgi de nulle part pour semer la zizanie dans son nid de routines et de conventions. Et elle détestait encore plus ses agissements aujourd'hui. Il était devenu la pire version de ce qu'on pouvait attendre de lui : un cynique sans foi ni loi, se fichant éperdument des autres, uniquement préoccupé de son petit intérêt. Un Attila qui ne jetait jamais un regard derrière lui, pour mesurer l'étendue des dégâts qu'il causait.

Dans la belle pièce aux meubles ultramodernes et avec vue plongeante sur la Tamise, elle était seule avec lui. Il lui tournait le dos. Hélas, même de dos, il accomplissait le prodige d'être sexy. Aussi redoutablement séduisant qu'il l'était à seize ans, avec ses cheveux d'un noir brillant, sa haute stature et...

Elle frémit lorsqu'il se retourna vers elle.

Son regard était toujours aussi hypnotique : de longs cils noirs et des sourcils arqués adoucissaient ses yeux d'ébène. Un charisme inouï se dégageait de sa silhouette athlétique : grand, les épaules carrées, il habillait aujourd'hui sa musculature d'un somptueux costume de laine gris taillé sur mesure, et la blancheur immaculée de son col de chemise faisait ressortir la teinte de bronze de sa peau. Par ses origines espagnoles, il avait hérité d'une masculinité ibérique, avec son menton carré, son nez très droit, son front lisse et sa bouche ourlée. L'harmonie parfaite de ses traits lui faisait le même effet qu'autrefois – comme un coup au creux de l'estomac, provoquant l'envol d'une nuée de papillons, et d'étranges frissons à la surface de sa peau.

Treize ans... C'était toute une vie ! La seule différence, toutefois, c'était que le garçon était un homme.

Plus dur. Plus insensible.

Lui aussi était en train de la détailler de pied en cap. Mais de toute évidence, il ignorait qui elle était. Rien d'étonnant à cela : à douze ans déjà, elle était invisible pour lui.

— Prenez un siège, suggéra-t-il, toujours immobile, en lui désignant les généreux fauteuils face à son bureau.

Samantha déposa son portfolio sur un coin de la volumineuse table de travail, ôta son manteau et alla s'installer.

— Vous êtes venue au sujet de l'hôtel, enchaîna-t-il.

Rafael se dirigea vers son bureau pour reprendre son siège, sans quitter du regard la jeune femme menue. Son visage lui était vaguement familier. Impossible, pourtant, de se rappeler dans quelles circonstances il avait pu la croiser.

Un mètre soixante, format allumette, les cheveux bruns coupés très court, de grands yeux verts et un teint de porcelaine. Le gros pull en maille irlandaise, la longue jupe en velours et les mocassins à talons devaient peser aussi lourd qu'elle. Elle ne manquait pas de charme, avec ses traits délicats et son visage en forme de cœur. À sa place, n'importe qui aurait pris plaisir à la regarder, mais elle l'irritait déjà : il savait pourquoi elle était ici. Or l'affaire était conclue. L'hôtel, son parc et ses dépendances lui appartenaient. Il avait acquis l'entièreté de cet ancien domaine nobiliaire et n'avait aucune intention d'en découper un petit morceau pour le vendre à une ancienne candidate venue jusqu'ici porter ses récriminations...

Toutefois, il connaissait assez bien le Yorkshire pour savoir que les citoyens du cru voyaient d'un mauvais œil la venue d'un « entrepreneur de la capitale ». Il n'avait pas besoin d'un comité d'accueil enflammé sur les réseaux sociaux... ce qui ne manquerait pas d'arriver, s'il ne recevait pas cette Mme Payne. Il avait donc accepté cet entretien inutile uniquement afin d'arrondir les angles.

Et il commençait déjà à le regretter, avisant le regard assassin qu'elle lui lançait.

— Au sujet d'une dépendance de l'hôtel, pour être exacte, lança-t-elle.

— Certes, mais une vente de ce type n'a rien d'orthodoxe, répondit-il d'un ton neutre.

Le ton qu'il employait au terme d'un entretien face aux candidats qui n'avaient aucune chance d'obtenir un poste chez lui.

— Je vais aller droit au but, poursuivit-il. J'ai acheté tous les biens immobiliers construits sur le terrain d'un ancien duché. Le château est devenu un hôtel il y a plus d'un siècle mais j'ai l'intention d'en faire un joyau du tourisme de luxe, et de me montrer créatif avec l'ensemble des dépendances que je conserverai, ainsi que le parc, une fois qu'il sera restructuré. J'ai lu votre courrier, j'ai vu votre demande adressée au cadastre pour la définition d'une parcelle... Vous souhaitiez acquérir une dépendance pour vous-même, c'est bien cela ?

— Oui, confirma-t-elle.

— Je comprends. C'est dommage pour vous. Vous avez ma sympathie, mais c'est le business.

— Justement, c'est un peu plus que du *business* pour moi, rétorqua-t-elle d'un ton pincé. Il m'a fallu des années d'économies pour amasser un apport initial. L'ancienne loge du jardinier, dans le parc de l'hôtel, était le lieu idéal, un rêve absolu, parce que j'allais pouvoir, en plus, me créer un appartement au-dessus de la boutique.

— Eh oui. Je comprends votre déception, dit-il poliment. Vous aviez travaillé sur ce projet, mais Clifford a choisi de me vendre tout le domaine : l'hôtel et le reste. C'est fait. Qu'espérez-vous de moi ?

— Évidemment, il vous l'a vendu ! s'emporta-t-elle. Vous lui avez fait un pont d'or ! Sa fille est malade, et avec une somme pareille, il va pouvoir lui payer les soins dont elle a besoin dans une clinique privée. Il ne pouvait pas dire non.

Rafael haussa les sourcils en conservant un air impérial.

— Que me reprochez-vous, au juste ?

— L'hôtel se portait très bien, monsieur Moreno. Il rapportait assez d'argent pour toute l'année, grâce aux recettes de la haute saison. Il est au cœur de notre ville. Il y a plus de quatre-vingts ans qu'il fonctionne et qu'il fait vivre les commerçants alentour... Et vous, vous l'achetez pour le raser !

— Le raser, non, même s'il faudra peut-être envisager une

transformation de l'architecture. Le château est décrépit, et il a besoin d'une mise aux normes radicale. Quant à la politique d'exploitation commerciale de l'hôtel, elle doit être revue de fond en comble. Croyez-moi, madame Payne, je connais très bien les problématiques du logement touristique. Clifford n'aurait jamais pu continuer à affronter financièrement les frais de maintenance et d'entretien d'un lieu pareil. Il en était conscient. C'était la fin d'une histoire. Comme vous le soulignez vous-même, je me suis montré généreux. Tâchez de regarder le tableau dans son ensemble, et de surmonter votre déconvenue personnelle.

Loin de convaincre son interlocutrice, cet argumentaire parut enflammer sa colère. Un sourire sarcastique aux lèvres, elle opposa :

— Le « tableau dans son ensemble »... Avec un complexe hôtelier, propriété d'un groupe mondial et réservé à des millionnaires, au lieu d'un bel hôtel de charme qui était aussi une affaire de famille ? Clifford et moi, nous avions trouvé un accord. En plus de la vente de la dépendance, qui lui rapporterait de quoi payer les frais médicaux, il toucherait un pourcentage de mon chiffre d'affaires, afin de subvenir à l'entretien de l'hôtel !

— J'ai vu votre montage financier, répondit-il, imperturbable. Il n'y avait pas de quoi changer plus de deux gouttières par an, sans parler de faire enfin entrer ce bâtiment humide aux cheminées fissurées dans le XXIe siècle. À elle seule, la réfection du système électrique représente dix années de bénéfices, or Clifford était tenu de la réaliser d'ici deux ans.

Il avait beau s'exprimer avec calme et fermeté, la jeune

brunette semblait prête à lui sauter dessus tel un chat sauvage.

— Pourquoi êtes-vous venue me voir ? s'enquit-il. L'acte de vente est signé et acté officiellement. Les travaux commenceront dans quinze jours. Vous pensiez sincèrement me faire changer d'avis à ce stade ?

Durant une fraction de seconde, il vit l'émotion rougir ses yeux. L'impression fut éphémère.

— J'ai travaillé très dur ces cinq dernières années, révéla-t-elle d'une voix maîtrisée. Il m'a fallu du temps pour trouver un lieu où je pourrais ouvrir à la fois un café et une pâtisserie. Puis, une fois trouvé l'emplacement idéal, il a fallu dessiner des plans, prévoir l'agencement pour l'équipement professionnel, le comptoir, les étagères réfrigérées, verser des acomptes et passer commande pour des éléments sur mesure… Tout était prévu ! Financièrement et professionnellement. J'adore mon métier et je suis une excellente pâtissière. Clifford était dévasté de m'annoncer que nos plans tombaient à l'eau. Vous l'avez mis dans une position où il ne pouvait pas refuser. C'est lui qui a suggéré…

Comme elle hésitait à enchaîner, il l'encouragea :

— Oui ? Qu'est-ce que Clifford a suggéré ?

— Eh bien, que vous me vendiez la dépendance aux conditions initialement prévues entre lui et moi.

Elle avait arrimé ses grands yeux verts aux siens.

— Mais si vous souhaitez que mon bâtiment corresponde esthétiquement à la ligne prévue pour les autres, enchaîna-t-elle, nous pouvons réviser la charte financière : je tiendrai compte des avantages qu'auront le café et la pâtisserie à fonctionner avec votre nouvelle clientèle. Je sais que j'aurai du succès, parce que c'est un emplacement formidable et que votre hôtel pourra bénéficier de la présence d'un café, et…

Rafael ne put se retenir de s'esclaffer. Puis, sans un regard pour Mme Payne, il cliqua sur une fenêtre de son écran, avant de faire pivoter celui-ci vers elle.

— Regardez, dit-il, un sourire de compassion aux lèvres.

2

Au sommet de son arrogance et de son mépris, l'infâme big boss du groupe Moreno venait de pianoter sur son clavier. Samantha déglutit avec difficulté quand elle entendit le cuir de son fauteuil crisser. Il se penchait vers elle pour lui montrer l'écran, un reste d'hilarité au coin des lèvres.

Elle le faisait rire ! Tel un énorme matou sadique dans un dessin animé, il se délectait de croquer la souris qu'il aurait pu laisser vivre.

Jamais elle n'avait senti un tel mélange de fureur et de désespoir en elle. Et une étrange buée nappa son regard lorsqu'elle fixa les plans. Des projections virtuelles montraient, dans le parc du futur hôtel, la boutique d'un SPA à l'emplacement où elle imaginait son café-pâtisserie. Car le domaine était désormais équipé d'un bassin de détente, d'un centre de remise en forme, d'un gymnase et d'un restaurant gastronomique. La plupart des dépendances étaient rasées, remplacées par des bâtiments flambant neufs.

— Vous comprenez pourquoi ce ne sera pas possible ?

Samantha se sentit vaincue, et submergée par la vulnérabilité. Elle releva les yeux vers lui et fixa la mèche de cheveux noirs, ondulés, qui caressait son cou… Cette peau méditerranéenne qui, même à cette distance, diffusait sa fragrance d'orange et de cannelle – faisant resurgir avec violence le souvenir des premiers émois de son adolescence. Ces longs étés où, juchée sur un tas de sable, elle observait son séduisant voisin, derrière la palissade. Elle avait quatorze ans quand son père et lui avaient plié bagage, la laissant seule avec ce satané béguin à éteindre.

— Clifford a fait tourner au maximum cet hôtel sans investir, et il a abusé de cette stratégie suicidaire, reprit-il en articulant à l'excès, comme s'il s'adressait à une demi-débile.

Samantha se raidit.

— Il faut tout, absolument *tout* revoir. Le gros œuvre et les équipements. Vous rendez-vous compte que plusieurs chambres partageaient une salle de bains ? Bien sûr, le charme est là, et la façade a conservé sa superbe. Mais dans les murs, dans les sols et jusque dans la charpente, le temps a fait son œuvre. Il était grand temps d'investir enfin les sommes substantielles qui empêchent ce domaine, laissé à l'abandon depuis cinquante ans, de tomber en poussière.

— Non, il est solide, c'est l'arrière-grand-père de Clifford qui…

— Comprenez-moi bien, l'interrompit-il en levant la main avec autorité, j'ai de la sympathie pour vous. Je trouve que vous avez été courageuse de venir jusqu'ici pour plaider votre cause. Mais dites-vous bien qu'au fond, je vous empêche de miser sur le mauvais cheval. Si vous aviez acheté cette dépendance, d'ici cinq ans, vous auriez mis la clé sous la porte, parce que l'hôtel aurait été fermé pour non-conformité aux normes de sécurité.

Samantha n'en croyait pas un mot. Elle s'apprêtait à protester quand, une nouvelle fois, il monopolisa la parole.

— Et en témoignage de ma bonne volonté, déclara-t-il avec un large sourire, je suis prêt à vous rembourser tous les frais que vous avez engagés pour l'aménagement de votre commerce. Vous voyez ? Vous y gagnez, parce que de toute façon, vous pourrez tout utiliser à l'adresse que vous trouverez pour ouvrir votre pâtisserie…

Il baissa les yeux sur son dossier, esquissa une moue dubitative et reprit :

— Évidemment, de la pâtisserie fine, c'est toujours un plus pour un hôtel de luxe, mais non, il n'y a pas moyen… Votre dépendance va être remplacée par la boutique du SPA, et le nouveau bâtiment comprendra le bureau de l'administration et l'intendance. Et puis, la directrice du centre de remise en forme me reprocherait de songer à ce type de service : il est vrai que ce serait cruel pour les clients qui se privent de sucre et…

Il avait relevé la tête vers elle et fronça soudain les sourcils.

— Je vous ai déjà vue quelque part, non ? s'enquit-il en se levant.

La mort dans l'âme, elle l'imita.

— Il n'y a donc rien que je puisse faire pour vous convaincre de…

Il laissa échapper un gloussement. Une nouvelle fois, un insupportable sourire goguenard apparut sur son visage.

— De reconfigurer mon projet de A à Z afin de renoncer au SPA et d'y incorporer vos ventes de gâteaux et votre appartement personnel ? Vous plaisantez. Et je vous assure qu'il sera beaucoup plus sage pour vous de trouver un emplacement qui ne dépende pas d'un autre commerce.

Samantha fulminait. Elle trouva cependant en elle assez de sang-froid pour demander d'un ton presque calme :

— Si vous n'aviez pas la moindre intention de revenir sur votre décision, pourquoi m'avoir reçue ?

— Question légitime, admit-il. C'est simple. Quand j'ouvre un nouvel hôtel, j'aime procéder aux vérifications préalables.

— Aux vérifications préalables ? répéta-t-elle, sidérée.

— Oui, m'assurer que je ne marche sur les pieds de personne. Vous seriez étonnée de connaître le nombre de collectifs et de pétitions qui se montent sous les prétextes les plus farfelus, dès qu'on veut créer quelque chose. Désormais, je m'assure d'avoir un consensus validé par une discussion municipale.

Elle le dévisagea avec curiosité.

— Et en l'occurrence, le consensus, c'était quoi ?

— Eh bien, de nombreux commerces du secteur ont besoin du succès de la saison touristique, et tout le monde a paru enchanté à l'idée que l'hôtel gagne en prestige et en fréquentation. Je me suis assuré que Clifford veuille bien rappeler combien je me suis montré généreux : j'ai racheté ce domaine très au-dessus de sa valeur estimée, par respect pour sa stature historique.

De qui se moquait-il ? Décidément, cet homme n'avait aucune décence !

— Vous avez surpayé l'hôtel ? opposa-t-elle, incrédule.

— Oui. Je suis un type généreux.

— Tiens donc. J'ignorais que les milliardaires grimpaient l'échelle du pouvoir en distribuant la charité.

Il lâcha un profond soupir et hocha lentement la tête.

— Si vous tenez absolument à le savoir, j'ai un lien personnel avec cet endroit.

— Oui. Royal Stanton College.

Le lycée était situé dans la commune voisine de celle de l'hôtel.

Insistant, le regard noir du play-boy fouilla encore le sien, cherchant désespérément un indice.

— Je ne faisais donc pas erreur… On se connaît.

— Vous avez été élève à Stanton pendant deux ans, confirma-t-elle.

— En effet. Je ne me souviens pas de vous.

— C'était il y a longtemps. Et vous êtes un milliardaire, désormais. Rien d'étonnant à ce que vous ne me remettiez pas : amasser de l'argent a dû vous accaparer.

— Payne, Payne, répéta-t-il, en la dévisageant avec mauvaise humeur. Vous comptiez vous servir de notre rencontre pour me forcer la main ?

Paranoïaque, en plus, pensa-t-elle, exaspérée par l'attitude de cet infect individu.

— Non, lâcha-t-elle avec froideur. Il ne m'est pas venu à l'esprit de vous dire que je vous connaissais autrefois.

— Samantha Payne, annonça-t-il victorieusement.

Rafael fixait la petite jeune femme si pâle, dont les yeux verts lançaient des éclairs. Mais oui, il la reconnaissait, maintenant ! Elle était exactement ainsi – sauf sa chevelure, longue et ondulée, à l'époque.

Pourquoi lui avait-il fallu tant de temps pour l'identifier ? Sans doute parce qu'il ne s'attendait pas à voir surgir quelqu'un de si loin dans le passé.

— Je ferais mieux de m'en aller.

Rafael ne dit rien. Il n'avait aucune envie de se retourner, et d'invoquer des souvenirs endormis depuis des années. Aucun désir de se rappeler les jours difficiles qui avaient précédé le départ dans un village, loin de la mégapole, grâce au contrat de deux ans que son père avait décroché sur un site de construction. Une mission assez peu rémunératrice, mais qui avait le mérite de les entraîner tous les deux loin de la zone East End de la banlieue de Londres, où son père s'enfonçait dans la dépression parce que sa femme ne l'avait pas trompé une, deux ou trois fois, mais trop pour un décompte.

Son père s'était accroché à un mariage qui se désintégrait depuis longtemps, refusant d'admettre l'évidence même quand les disputes étaient devenues quotidiennes. Un mariage condamné à l'échec dès l'origine. Rafael avait pris la mesure de l'aveuglement paternel au fil des copieuses confessions que sa mère n'avait pas hésité à accorder à son fils unique de seize ans. Obstinément, son père avait refusé de voir, d'entendre, de se résigner.

Et pendant que le couple se déchirait, Rafael n'avait jamais cessé d'aimer son père, même s'il éprouvait aussi pour lui de la pitié, et le ressentiment né de cette pitié. Pourquoi cet homme ne trouvait-il pas la force de quitter sa femme ? Pourquoi se complaire dans le chagrin et les larmes ?

Les accusations et les cris avaient continué de pleuvoir et si Rafael était jusqu'alors resté un enfant, il était devenu adulte le jour où, sans même se cacher, sa mère était partie au bras d'un autre homme, un homme riche.

« Tu es grand, maintenant, avait-elle dit à Rafael. Tu peux te débrouiller sans moi.

— C'est ce que je fais depuis toujours », avait-il rétorqué avant de sortir prendre l'air.

Elle était partie sans laisser d'adresse. Rafael s'était fait une idée très précise de son histoire : Juan Miguel Moreno avait dix-huit ans le jour où il avait dit oui à Isabella Gutierrez, née la même année que lui, et enceinte jusqu'aux yeux. Rafael était né quinze jours après les noces. N'était-ce pas clair comme de l'eau de roche ? Deux gamins n'avaient pas pensé à se protéger, en cédant au désir à l'arrière d'une voiture… Et ils avaient payé le prix fort, eux et leur bébé innocent.

Rafael avait grandi en intégrant l'image d'une mère insatisfaite par un mari qui certes l'adorait, mais qui ne gagnait pas assez d'argent.

Isabella rêvait d'être une femme au foyer, oui, mais dans une villa de rêve, fréquentation de grands restaurants et vacances exotiques incluses dans le forfait. Au lieu de cela, elle s'était retrouvée dans le petit appartement d'une banlieue triste et laide, pendant que son mari se tuait à l'usine pour gagner un salaire misérable. Elle avait cherché un successeur à son mari, en se donnant visiblement du mal pour trouver le bon, et enfin, elle avait pu s'enfuir en courant.

Le seul mystère, dans cette histoire, c'était la longévité de ce mariage. Pourquoi était-elle restée si longtemps auprès de ce mari qu'elle méprisait et qu'elle n'aimait plus ?

Quoi qu'il en soit, le père de Rafael avait très mal réagi au départ de sa chère et tendre. Il avait noyé son chagrin dans toutes les bouteilles qui lui tombaient sous la main, et si l'opportunité de cette mission loin des tentations urbaines ne s'était pas présentée, sa vie aurait peut-être été très raccourcie... Ils avaient eu cette chance. Tous les deux. Repartir de zéro, dans un environnement paisible, et découvrir les attraits de la campagne. Il y avait eu le village et son lycée, et bien sûr...

— Colin Payne, murmura-t-il.

Comment n'avait-il pas établi tout de suite la connexion ? Peut-être parce que Payne était un nom répandu et que... Les trois notes d'alerte de la liaison Interphone retentirent, et sur son écran, son assistante lui rappela qu'il devait partir en rendez-vous au Shard.

Sans même se tourner vers elle, il répondit qu'il n'irait pas et, sans lui laisser le temps de se remettre de sa stupeur, il ajouta :

— Et annulez tous mes autres rendez-vous prévus aujourd'hui.

Un bref silence pesa dans la pièce.

— Je croyais que vous n'aviez pas plus de vingt minutes à m'accorder, rappela Samantha Payne d'un ton glacial.

— La situation a changé.

— Rien n'a changé, réfuta-t-elle. Vous avez coulé dans le marbre les plans de réfection de l'hôtel et vous me considérez comme un dommage collatéral. J'ai été stupide de nourrir un dernier espoir.

Sans écouter le sens de ses paroles, Rafael cherchait dans le visage de la jeune femme les traits de Colin.

— Vous êtes sa sœur cadette, murmura-t-il. Lui et moi, nous avons été dans la même classe pendant deux ans.

— C'est beaucoup dire, en ce qui vous concerne, railla-t-elle. Vous visitiez le lycée en touriste, au gré de vos caprices.

Il sourit, amusé.

— Je plaide volontiers coupable de n'avoir pas été un exemple en tant qu'élève, à cette époque.

La jeune femme ne lui rendit pas son sourire. Loin de partager la douceur de la nostalgie, elle paraissait scandalisée.

— C'est l'euphémisme du siècle ! Mais c'était il y a longtemps, et je ne suis pas venue évoquer le passé.

Perdu dans sa rêverie, Rafael ne prêtait aucune attention à ce qu'elle disait.

— Je me souviens de votre frère... Et même, je me souviens de vous. Vous étiez très timide et vous cachiez toujours vos yeux derrière votre longue frange. Vous portiez toujours vos cheveux lâchés dans le dos... C'est pourquoi je ne vous ai pas reconnue tout de suite. D'habitude, je suis très physionomiste.

— Comme je viens de vous le dire, monsieur Moreno, je ne suis pas venue m'attendrir sur le « bon vieux temps ».

Ses joues étaient roses de colère. Ses yeux luisants d'émotions contenues. En affaires, il ne devait d'explications à personne, mais dans ce cas précis, face à quelqu'un qui venait de surgir d'un vieux coffre enfoui au plus profond de sa mémoire... Étrange qu'il n'ait pas fait plus vite le rapprochement avec la si discrète petite sœur de Colin : elle avait des yeux extraordinaires.

— Vous aviez quoi... Treize, quatorze ans, quand j'ai obtenu mon diplôme avec 19 de moyenne, et que j'ai dû faire mes cartons pour partir en classe prépa ? Vous étiez très différente des autres filles, ça c'est sûr...

Une moue écœurée se dessina sur sa jolie bouche rose.

— Vous voulez dire que je ne bavais pas d'admiration

devant vous ? Que je ne mendiais pas une miette de votre attention du matin au soir ? Non.

Il s'esclaffa, flatté par le souvenir du succès qu'il remportait déjà auprès des filles.

— L'adolescence peut être une période difficile.

— Pour les autres, oui. Pas pour vous ! Vous n'accordiez pas un coup d'œil à toutes ces lycéennes, vous n'avez pas vu l'océan de larmes en coulisses.

Rafael soupira.

— À vrai dire, j'étais plus attiré par les femmes mûres, à ce moment-là.

— Eh bien tant mieux pour vous, et merci de m'avoir reçue.

Elle se mit à enfiler précipitamment son manteau, mais il leva une main pour l'interrompre.

— Attendez... Qu'est devenu Colin ? Si je ne me trompe pas, il voulait devenir chirurgien ?

— Eh bien il ne l'est pas, répliqua-t-elle vivement. Il a été contraint de redoubler après votre départ, avec les conséquences inévitables sur les admissions en fac. Avant de vous connaître, il avait toujours été très bon élève.

Rafael ne répondit pas. Il ne risquait pas d'oublier ce qu'était sa vie, du temps où il luttait pour que son père parte travailler le matin au lieu de rester au lit avec une bouteille. Chaque jour représentait une bataille à mener, et il était un adolescent en révolte contre le monde entier. Il adorait ce père qui l'aimait profondément, et il ne lui pardonnait pas d'être si fragile.

La guerre domestique contre l'alcool avait induit beaucoup d'absentéisme, mais Rafael était tellement brillant qu'il ne prenait pas de retard. Il n'avait jamais demandé à quiconque de l'imiter... Néanmoins, certains lycéens, sensibles à son charisme, empruntaient son chemin. Ses problèmes familiaux étaient trop graves pour qu'il ait le temps de se préoccuper des résultats scolaires des autres, de se demander s'ils ne risquaient pas de mettre en péril leur avenir scolaire.

De toute façon, Rafael n'aimait pas les jérémiades sur le passé. Les regrets ne servaient qu'à perdre un temps précieux. Sans parler du fait que les épreuves forgeaient le caractère. Seuls les gens forts et déterminés arrivaient à quelque chose, dans la vie ; parce qu'ils savaient affronter l'obstacle, prendre l'élan pour le franchir. Il en savait quelque chose.

— Je n'ai jamais encouragé personne à manquer la classe, lâcha-t-il.

— Mais vous n'avez jamais tenté non plus d'en dissuader vos amis !

— Je menais *ma* vie, nuança-t-il. Et je n'étais pas chargé d'incarner le modèle de l'élève parfait. À cette époque, j'avais des choses plus importantes à faire que d'écouter des profs qui en savaient moins que moi. Si d'autres gamins voulaient faire pareil, pourquoi aurais-je dû prendre le rôle de leurs parents ou du proviseur ?

— Quelle arrogance ! s'exclama-t-elle, visiblement choquée.

— Possible, mais je me montre honnête envers vous. Je suis navré d'apprendre que votre frère a dévié du chemin de l'excellence à cause de moi, encore qu'il est plus sain de considérer chacun comme responsable de ses choix. Blâmer les autres des mauvaises décisions qu'on a prises, ça ne mène nulle part. Transmettez-lui mon bonjour.

Enfin, je vous l'ai dit, je suis prêt à vous rembourser vos investissements pour ce local. Je suis sincère : il fallait du cran pour venir jusqu'ici, vous avez toute mon estime.

Comme elle se précipitait vers la porte sans répondre, il ne fit rien pour la retenir. Il n'allait tout de même pas modifier ce projet sous prétexte qu'ils s'étaient vaguement connus autrefois.

La jeune femme fusa dehors tel un boulet de canon, et il se demanda ce que son assistante allait déduire du phénoménal claquement de porte qui résonna dans tout l'étage.

Ce genre de scène ne se produisait jamais. Non, même ses ex n'avaient jamais osé produire un tel esclandre ici. Et pourtant, il avait souvent rompu dans ce bureau…

Il sourit. Il menait une vie de joyeux célibataire. Il aimait la compagnie des femmes et, quand il avait une liaison, sa compagne bénéficiait de tous ses soins, de toute son écoute. Il se montrait fidèle et attentif, mais… impossible de faire durer une relation plus de quelques semaines. Les désillusions du mariage et même du couple à long terme l'empêchaient de chercher autre chose qu'une passade. Sur ce point, il se montrait toujours franc dès le départ, il jouait cartes sur table. Précisément pour ne jamais avoir à entendre claquer la porte de son bureau.

Pourtant, aujourd'hui, cette brindille de femme lui avait parlé comme personne ne lui parlait, en exprimant sans filtre la rage qu'il lui inspirait.

Comme il allait se rasseoir, il aperçut le portfolio qu'elle avait oublié. Trop tard pour la rattraper. Bah, il y aurait bien un numéro de téléphone ou une adresse de courriel à l'intérieur : Rafael chargerait son assistante de lui renvoyer ses affaires.

Il s'installa confortablement dans son fauteuil, mit ses appareils en mode vibration et ouvrit la grande serviette en cuir bicolore, ravi par avance de se plonger dans la vie de la petite brune au tempérament explosif.

La moitié du trajet de retour jusqu'à Harrogate était effectuée quand Samantha se rendit compte qu'elle avait laissé son business plan chez Moreno. Il lui avait fallu des jours et des jours pour préparer méticuleusement cet ensemble de documents, montage financier, commercial, dessins et projections ! Pourtant, pas question d'envisager de retourner là-bas. Ni même de téléphoner pour demander qu'on lui renvoie son joli portfolio.

Franchement, après l'accueil auquel elle avait eu droit, mieux valait fermer ce chapitre et passer à autre chose le plus vite possible. Tous ces gens imbus d'eux-mêmes dans cet immeuble prétentieux, ces cadres supérieurs qui n'avaient pas pris la peine de lui dire bonjour ou au revoir… Elle ne put réprimer un sourire en se rappelant l'expression pantoise de l'assistante de Rafael, en la voyant déguerpir de leur stupide cube de béton… Pourtant, elle n'avait guère envie de sourire.

L'étincelle qui avait tout enflammé, c'était la désinvolture de Rafael Moreno en évoquant Colin. Les images vagues qu'il gardait d'elle et des autres filles du lycée. Il avait traversé cette période cruciale, pour elle et sa famille, comme un aristocrate partant visiter une ferme. Aujourd'hui comme hier, il se fichait éperdument du mal qu'il répandait.

Au-dehors, le paysage hivernal défilait, maussade,

et Samantha jeta un regard désabusé sur la campagne blanche de givre.

Rafael et Colin étaient dans la même classe et dans le même groupe dédié aux sciences. Qui aurait pu prédire que Colin, si studieux, si discret, toujours plongé dans ses livres, allait devenir un fervent disciple de Rafael ? Il avait complètement déraillé, abandonnant ses cahiers pour aller découvrir la fumette dans des bâtiments désaffectés. Pour entrer en fac de médecine, il fallait présenter un relevé irréprochable, or Colin avait échoué à quatre examens sur huit. Rafael avait quitté le lycée, son diplôme sous le bras, avec les félicitations du jury – parce qu'il était brillant, exceptionnellement brillant, parce qu'il faisait partie de ces très rares élèves qui mémorisent tout ce qu'ils lisent d'un œil distrait, et qui possèdent un esprit de synthèse hors du commun. Mais son frère, ainsi que tous ceux qui avaient suivi le calamiteux exemple de Rafael, avait redoublé, et donc révisé à la baisse ses ambitions universitaires.

Leur mère, déjà si fragile depuis le divorce, était redevenue une boule de nerfs.

Chassant le passé de son esprit, Sam se demanda ce qu'elle allait faire, maintenant. Dans son enthousiasme, certaine d'emménager au premier étage de son futur commerce, elle avait révoqué le bail de sa petite maison. Il allait donc falloir trouver un nouveau logement, tout en cherchant du travail ! Sa mère vivait à une quinzaine de kilomètres de Harrogate ; avait-elle intérêt à s'installer provisoirement chez elle ? Ne serait-ce que le temps d'éteindre l'immense colère qui la ravageait ?

Une colère à la mesure des rêves qu'elle caressait, et qu'elle croyait être en train de réaliser. Jamais elle ne se pardonnerait d'avoir trop tôt vendu la peau de l'ours... En revanche, elle était incapable d'en vouloir à Clifford – il n'avait songé qu'au bien-être de sa fille.

Par conséquent, une autre personne imposait sa silhouette monstrueuse à son ressentiment, tandis qu'elle tentait de s'assoupir. Quel personnage infect ! Pour ne rien arranger, il avait la beauté du diable. En sa présence, Sam était constamment passée du chaud au froid. Ce regard envoûtant... Pourvu qu'il ne se soit pas aperçu du trouble qu'il lui infligeait ! Après tout, autrefois, il n'en avait jamais pris conscience non plus.

Elle aurait voulu n'éprouver pour lui que mépris et elle se rassura en se répétant que sa *légère* réaction n'était qu'un mécanisme de défense – ou une sorte de réminiscence physique, rien de plus. Un phénomène banal et inévitable. Entre douze et quatorze ans, si elle s'était abstenue de battre des cils devant lui, comme les autres filles, elle avait eu jour et nuit des visions érotiques de Rafael Moreno. Finalement, elle était tombée dans le même piège que tout le monde au lycée : ce garçon avait exercé sur elle une fascination irrépressible.

Son seul mérite consistait à ne pas avoir trahi son émoi d'adolescente. Il n'avait donc vu en elle qu'une gamine effacée et sans intérêt, une silhouette au fond du décor...

Même tandis qu'elle cherchait le sommeil, il n'avait pas la décence de la laisser en paix. Et lorsque le train s'arrêta à la gare où elle descendait, elle réalisa qu'elle venait *encore* de rêver de ce sale type.

3

À l'arrêt, Rafael ôta sa ceinture et s'étendit dans le siège en cuir de sa somptueuse BMW, pour contempler la façade de la petite maison.

Ces logements mitoyens minuscules se répétaient à l'identique le long d'une avenue aussi morne et triste que le crépi du parpaing. Cette vision agissait comme une piqûre de rappel de ce à quoi il avait échappé. Ce sentiment de claustrophobie qu'il éprouvait dans l'espèce de cage à lapins louée par son père durant leurs deux années de présence, à l'orée du village voisin… Pour la première fois depuis treize ans, il retrouvait l'amertume de cette sensation. Avec, inextricables, l'amour qu'il vouait à cet homme brisé, le soulagement d'être loin de la banlieue londonienne pour l'aider à se remettre sur pied, et le désir de fuir ce ridicule petit village où tout le monde se connaissait : durant deux ans, il avait été soumis à ce tourbillon permanent d'émotions et d'énergies contradictoires.

Aujourd'hui, il était conscient de s'être montré injuste envers la beauté des lieux. L'hôtel qu'il venait de racheter se situait dans la ville la plus proche du bourg où il avait été au lycée, et il avait arpenté tous les environs avant de se décider : c'était magique. La région des Cotswolds ne pouvait pas rester la seule campagne anglaise à aimanter le tourisme, et de toute façon, elle était saturée, à l'instar de la côte des Cornouailles. Il était certain que les Yorkshires Dales, vallons offrant des paysages sauvages et dotés d'un patrimoine incomparable, allaient attirer de plus en plus d'amoureux des vieilles pierres et des promenades dans la nature. Oui, c'était le lieu idéal pour implanter un luxueux petit centre hôtelier.

Mais contrairement à ses derniers séjours dans le secteur, celui-ci réveillait le passé. Parce qu'il venait dans le seul but de parler avec une personne qu'il avait connue entre seize et dix-huit ans. Une personne qui s'était incrustée dans son cerveau depuis la veille, à l'instant où elle avait claqué la porte de son bureau. Ce geste avait ouvert une boîte de Pandore.

Rafael n'était pas du genre à se retourner sur le passé, mais le passé en avait décidé autrement et exigeait, semblait-il, une taxe sur treize années d'oubli. La personne chargée de recevoir cet impôt avait le regard furieux et l'expression horrifiée de Samantha Payne.

Il lui aurait été facile de lui renvoyer son portfolio mais sur une impulsion, il avait décidé de venir. Il en avait profité pour retourner à l'hôtel, refaire une visite complète du parc et des dépendances, fixer définitivement ses plans avant de déléguer le dossier à ses architectes.

Il aurait *pu* lui téléphoner avant de venir... Mais comme elle indiquait son adresse en première page de ses documents, il partait du principe qu'il s'agissait d'une invitation.

La lecture de son business plan avait fait remonter en lui assez de culpabilité pour qu'il n'en éprouve aucune à venir en personne rencontrer la jeune femme. À cause d'elle, il avait revu le film de sa relation avec son père, de plus en plus délitée. Il s'en voulait de ne pas avoir su lui manifester plus de compassion. D'avoir souvent éprouvé du mépris envers lui. L'eau avait coulé sous les ponts et, depuis qu'il avait fait fortune, Rafael avait offert à son père une vie confortable et sans souci. Hélas, en termes de complicité ou de confiance, impossible de rattraper le temps perdu.

Le portfolio de Samantha lui avait également donné mauvaise conscience vis-à-vis d'elle. Il ne se rendait pas compte, en achetant le domaine, qu'elle était si près de conclure l'achat de ce bâtiment désaffecté depuis des décennies… et qu'une transaction si modeste, pour ne pas dire misérable, pouvait tant représenter aux yeux de quelqu'un. Tranquillement centré sur lui-même, dans sa tour d'ivoire, il l'avait jetée dehors, sans une pensée pour tout ce qu'elle avait préparé et qu'il écrasait d'un coup de talon.

Naturellement, il n'allait pas renoncer à son projet pour accommoder la sœur d'un ami d'enfance. Il venait cependant armé de quelques idées à lui soumettre afin qu'elle reprenne la main sur son avenir professionnel.

Il sentit un faible rayon de soleil tenter de percer le ciel d'un gris opaque. Tout était plus déprimant, à la campagne, quand l'hiver infligeait l'obscurité alors qu'il était à peine 15 h 30.

Il s'attendait à repartir bredouille quand il sonna à la porte, et fut presque étonné d'entendre des pas, suivis du bruit du loquet déverrouillé. Puis, dans l'entrebâillement, sous la chaînette de sécurité, il vit briller la suspicion dans les deux émeraudes de ses yeux.

— Euh, bonjour, je vous rapporte quelque chose que vous avez oublié, annonça-t-il.

— Je n'en ai plus besoin. Allez-vous-en ! Nous n'avons plus rien à nous dire.

— Écoutez...

Il passa une main dans ses cheveux, cherchant la meilleure stratégie à adopter face à ce premier coup de canon.

— J'ai lu votre proposition, reprit-il.

— Et vous avez changé d'avis ? aboya-t-elle. Vous me laissez acheter la dépendance et y installer mon café, ma pâtisserie et mon appartement ?

— Non. Je ne peux malheureusement pas revenir sur mes propres plans et...

— Alors adieu.

La porte claqua bruyamment, et il entendit le bruit du verrou tiré.

D'une nature persévérante, Rafael enfonça une nouvelle fois le bouton de la sonnette.

Lorsque Samantha rouvrit la porte, un mètre quatre-vingts de charisme viril se tenait toujours sous son porche.

Rafael Moreno était la dernière personne au monde qu'elle s'attendait à trouver devant chez elle un samedi après-midi. Elle rentrait tout juste de chez sa mère. Elle avait l'intention de tout lui raconter, de lui dire comment ses plans pour son commerce et son logement étaient tombés à l'eau, et puis... Dès l'instant où elle s'était installée en face de cette femme au visage creusé par l'anxiété, elle avait renoncé. Elle affronterait ce problème une autre fois.

Caroline Payne n'avait pas eu une vie facile. Elle avait

perdu son mari vingt ans auparavant, et même si cela paraissait inouï, jamais elle n'avait su faire son deuil. Sam avait alors sept ans, et elle avait l'impression que sa mère devenait un fantôme. Son frère et elle avaient cru que, après une période de chagrin, les choses reviendraient à la normale, or il avait fallu attendre assez longtemps pour retrouver un semblant de sérénité au sein de la famille.

Car dans son désespoir, incapable de tenir debout sans se raccrocher à un autre homme, Caroline avait accepté d'épouser John Deeley, le gérant de la fabrique où elle travaillait. La brute avait déboulé dans leur univers en exigeant de tout prendre en charge. Il donnait le change grâce à son extérieur souriant. Il avait une physionomie agréable et une apparente décontraction, mais… Colin et Sam avaient vite découvert la violence de ce tyran domestique. Ses hurlements et ses menaces terrifiaient leur mère, chaque fois qu'il lui interdisait de le quitter un jour sous peine de vengeance. Il fallut attendre le jour où il leva la main pour frapper Colin – cette fois, Caroline sortit de son inertie.

Il fallut tout de même subir encore les foudres de ce monstre jusqu'à ce qu'il consente à partir, non sans l'intervention de la police. En jetant un regard rétrospectif sur cette époque, Samantha sentait toujours sa gorge se contracter. Elle avait failli étouffer de chagrin.

Lorsque Caroline avait trouvé la force de prendre un nouveau travail et de suivre des cours du soir afin de prendre du galon au sein de la petite administration municipale, leur vie avait changé : leur mère s'était mise à régler ses factures rubis sur l'ongle. Enfin, Colin et Samantha n'avaient plus qu'à se concentrer sur leurs études… et elle avait transmis à sa fille l'idée qu'une femme trouvait la liberté dans l'indépendance.

Ainsi, leur mère avait fini par prendre conscience du calvaire de ses enfants à la mort de leur père, lorsque leur mère n'avait pas été là pour eux, puis lorsqu'elle leur avait infligé ce beau-père nocif. Hélas, ces remords avaient aggravé sa tendance à l'angoisse. Caroline Payne était devenue une femme responsable et autonome, ayant pour seule priorité l'avenir de ses deux enfants – mais elle avait toujours les nerfs à fleur de peau, elle n'était pas vraiment heureuse.

Depuis près de neuf ans, Samantha travaillait dans les cuisines de tous les types de restaurants imaginables : une charge physique harassante pour une bien maigre rétribution. Sa mère l'avait souvent aidée financièrement, malgré ses petits revenus, et elle s'était promis de lui rendre cette faveur, de la remercier un jour de tout ce qu'elle avait fait pour Colin et elle.

Alors lui annoncer que le grand projet auquel elle se consacrait depuis des années venait de partir en fumée à cause d'un certain milliardaire du nom de Rafael Moreno... Pas facile.

Relevant la tête vers l'individu qui osait la narguer sur le pas de sa porte, refusant de bouger, elle croisa les bras sur sa poitrine.

— Tes voisins vont se demander ce qui se passe, dit-il, sourire moqueur aux lèvres.

Il ne manquait pas de culot !

— Si mes souvenirs sont bons, enchaîna-t-il, les rideaux des fenêtres d'en face font des plis quand on fait une scène sur la voie publique. Dans une minute, ils entendront la conversation que j'essaie d'avoir avec toi.

— Sauf s'il n'y a pas de conversation. Je n'ai aucune envie de te parler, asséna-t-elle.

— Arrête, Sam. Laisse-moi entrer. Je ne peux évidemment pas revenir sur ce qui est fait, mais nous pouvons envisager plusieurs possibilités intéressantes pour toi.

Ce subit retour de familiarité entre eux ne la laissait pas complètement indifférente. Une sorte de courant électrique chaud et doux la parcourait. Peut-être, aussi, à cause de son parfum épicé...

— Quelles possibilités ? s'enquit-elle d'une voix altérée par son trouble.

— Tu le sauras si tu me fais entrer. Mais claque encore cette porte et tu n'entendras plus jamais parler de moi.

Vaincue, Samantha secoua lentement la tête et ouvrit en grand.

— Bon, ça va, entre.

Le sourire par lequel il lui répondit en pénétrant chez elle lui fit l'effet d'un coup en plein cœur. C'était ce sourire-là qui avait fait fondre toutes les filles de Stanton. Un sourire confiant, assuré. Un sourire qui fit aussitôt réapparaître le garçon de seize ans.

Elle déglutit lentement et se rendit compte qu'elle avait besoin d'un verre d'eau bien froide pour reprendre ses esprits.

— Je peux te servir quelque chose ? s'enquit-elle. Thé ? Café instantané ?

— Je veux bien un thé, merci.

Ouf. Il lui fournissait un excellent alibi pour se préparer un peu à ce nouveau duel.

— Attends-moi dans le salon, je reviens tout de suite, conclut-elle.

Le « salon » ? Il s'agissait de la pièce minuscule par laquelle il venait d'entrer. Une pièce qui contenait un minuscule canapé en velours Art déco, un fauteuil crapaud qui devait être destiné à une poupée, un guéridon au plateau d'agate aussi large qu'une soucoupe et un élégant buffet parisien. Il n'y avait plus de place pour un être humain debout, tant la pièce était exiguë ! Samantha était certes très menue, mais même pour elle, ce salon avait des proportions de cage à oiseaux.

Rafael connaissait l'architecture de ces maisons d'ouvriers bâties sur le même modèle pendant un siècle et demi, d'abord en briques, puis en parpaings. La cuisine était encore plus minuscule que le salon, la cabine de douche moins large que le lavabo et, à l'étage, si l'une des deux chambres contenait un lit double, il ne fallait pas espérer une table de chevet dans la seconde.

Non sans effort, il ôta son épais manteau en cachemire et le posa derrière le canapé. S'il écartait les bras, il touchait deux murs opposés. La teinte bleu pâle de la peinture avait viré au gris sous l'éclairage minimaliste du plafonnier. Quelques tableaux accrochés aux murs étaient peints à la gouache. Des natures mortes. Les livres sur l'étagère au-dessus du buffet étaient tous consacrées à la cuisine.

Ne pouvant se caser dans le fauteuil, il s'assit sur le canapé et admira l'harmonie du mobilier et de la décoration.

— C'est de toi ? demanda-t-il, comme la jeune femme revenait dans la pièce.

— Pardon ?

Elle posa les deux tasses et la théière sur le guéridon, avant de le dévisager en haussant les sourcils.

— Les peintures, expliqua-t-il. C'est toi qui les as faites ?

Elle haussa les épaules.

— Il m'arrive de peindre quand j'ai le temps, admit-elle.

D'un geste souple, elle lissa sa longue chemise en flanelle et s'installa dans le petit fauteuil. Le vêtement *oversize* couleur fougère faisait ressortir le vert profond de son regard. Finalement, cette coupe de cheveux très courte lui allait plutôt bien : autrefois, on ne voyait pas la forme raffinée de son visage, avec ses petites pommettes très hautes et ce teint d'une fraîcheur parfaite.

— Tu comptes prendre ton thé, ou continuer à me fixer comme si j'étais une extraterrestre ? demanda-t-elle soudain.

Rafael rit, prit la tasse en porcelaine fleurie et avala une gorgée de darjeeling.

— Tu n'as pas changé, observa-t-il. Tu étais déjà très déterminée, à l'adolescence. C'est fou comme le temps n'a laissé aucune trace sur ton visage. Quand tu as quitté mon bureau hier, ou plutôt quand tu as détalé avec la discrétion d'un troupeau de rhinocéros, j'ai fouillé dans ma mémoire en quête de quelques souvenirs de ces deux années passées ici, avec mon père. Et j'ai été surpris d'en trouver beaucoup plus que quelques-uns.

— Non, c'est vrai ? Fascinant.

Il se mordit la lèvre pour ne pas rire et, comme elle croisait les jambes, apprécia leur galbe, sous le jean délavé. Décidément, cette tenue décontractée lui allait beaucoup mieux que celle de la veille. Elle portait des sneakers délacées, comme si elle s'apprêtait à les ôter lorsqu'il avait sonné.

— Je me rappelle les filles au lycée, reprit-il. Elles minaudaient, elles changeaient cent fois par jour la position de leurs barrettes à cheveux pour que les garçons les regardent. Il y avait celles qui gloussaient en rougissant, celles qui se montraient entreprenantes... Toi, tu n'as jamais sorti ton jeu.

— Mon « jeu » ? répéta-t-elle en fronçant les sourcils.

— Tu ne flirtais pas, précisa-t-il.

La jeune femme se redressa, plongea un regard froid dans le sien et répondit :

— Non. Je n'ai jamais vu l'intérêt de flirter.

— Comment cela, « jamais » ?

— Est-ce qu'on peut en venir au fait, Rafael ? interrogea-t-elle, une note d'agacement dans la voix. Tu étais censé me parler de mon avenir professionnel.

— Peut-être mais toi, tu m'as accusé d'avoir mené ton frère au désastre, d'avoir changé un lycéen modèle en un demi-délinquant, sous prétexte qu'il s'est rendu compte qu'un monde existait, s'il levait le nez de ses livres pour le regarder !

— Un monde bienveillant pour *toi*, opposa-t-elle, parce que tu n'as jamais eu besoin de travailler dur ! Tu revenais en classe après des jours d'absence et tu connaissais quand même le sujet du cours, tu ne révisais jamais rien et tu obtenais systématiquement des 18 et des 20 !

Elle posa sa tasse et lui adressa un regard d'une franche hostilité.

— Je n'ai pensé à tout cela qu'en te revoyant. Ça ne m'était pas revenu en mémoire, avant que je me retrouve en face de toi.

Rafael ne supportait pas ces accusations.

— Il était malheureux, argua-t-il. Il m'en parlait. Pas beaucoup, mais un peu.

— Comment cela ? Il te parlait ? interrogea-t-elle, les yeux arrondis par la surprise.

— Qu'est-ce que ça peut avoir de si incroyable ?

— Eh bien je... enfin tu...

Devinant le nouveau reproche dissimulé derrière ses balbutiements, Rafael affirma avec force :

— Je suis un très bon confident. J'ai une oreille attentive.

— Vraiment ? rétorqua-t-elle, incrédule. Et tu étais déjà comme ça à l'époque ?

Un sourire sarcastique se dessinait sur sa jolie bouche rose.

— Tu écoutais de ton « oreille attentive » les confidences de ton ami Colin quand vous partiez fumer vos cigarettes de tabac brun derrière les parcs à vélos du lycée ?

L'image était tellement juste, tellement conforme à la réalité que Rafael éclata de rire. Et, pour la première fois, il vit Samantha sourire. Durant un bref instant, son ravissant visage s'éclaira d'une lumière aussi puissante et chaude qu'un rayon de soleil.

— Bien sûr, il est arrivé que nous échangions des secrets personnels, dans ces circonstances. Il me parlait de votre beau-père. Comment s'appelait-il, déjà ?

Une nouvelle fois, la jeune femme parut accuser le choc de cette révélation.

— Colin te parlait de Deeley ? interrogea-t-elle en détachant chaque syllabe de chaque mot. Ce sale bonhomme nous a débarrassé le plancher avant ton arrivée !

— Peut-être, mais ton frère ne s'en était pas tout à fait remis, expliqua-t-il posément. Il ne m'a pas donné de détails, et je ne prétends pas que ce soit un sujet sur lequel nous soyons souvent revenus. Ce qui m'amène à ton reproche principal : que j'ai exercé sur lui une mauvaise influence. C'est faux. En fait, j'ai probablement été un catalyseur car

Colin était parvenu au stade où ses angoisses devaient se libérer. Avec ou sans moi, il fallait qu'il expulse ses démons. Mais il est tellement plus facile de chercher un bouc émissaire, n'est-ce pas, Sam ?

Le thé était froid et Samantha ne savait que faire du chaos de ses pensées. Un ouragan venait de souffler sur ses souvenirs.

Colin, qui avait trois ans de plus qu'elle, avait toujours eu l'air d'un petit garçon passionné par ses livres et pressé d'aller à l'école, lorsque leur père était mort et que leur mère avait lâché prise... Et si cette excellence scolaire était une fuite ? Et si ses livres lui avaient surtout servi de refuge ? Et si, soudain, l'apparition d'un individu anticonformiste, charismatique, plein de panache, lui avait permis d'affronter des angoisses trop longtemps enfouies ? Il avait traversé une période de rébellion, après le départ de Rafael... Puis, il s'était assagi. Si elle y réfléchissait, quelque chose avait changé dans la personnalité de son frère, l'année de son redoublement. Il était devenu plus serein.

Elle n'aurait su dire depuis combien de temps le silence régnait dans le salon. De sa voix suave et chaude, il s'enquit :

— Tu ne m'as toujours pas dit ce qu'il fait, aujourd'hui.

— Il est chef infirmier, répondit-elle avec fierté. Il dirige une équipe en pédiatrie.

Il adorait son travail, songea-t-elle en se rappelant la grande fête, avec sa fiancée et ses collègues, lors de son accession à ce titre.

— Et toi ?

Sam lui retourna un regard ébahi.

— Comment ça, moi ?

— Eh bien, ça ne date pas d'hier, mais le comportement de ton beau-père a dû t'affecter, toi aussi.

À peine eut-il prononcé ces paroles qu'elle se sentit projetée en arrière, au cœur de ces années si difficiles, après la mort d'Oliver Payne. Le chagrin, le chaos, la violente dépression de leur mère… Et le régime de terreur exercé par cette brute de Deeley.

Elle se força à chasser l'appel de ces souvenirs, si puissant soit-il. Il fallait qu'elle se concentre sur l'instant présent. Sur cet homme et son inexplicable aura de séduction, à en juger par la myriade de frissons qui couraient à la surface de sa peau depuis qu'il était là. Comme s'il parvenait, de sa seule présence, à lui faire perdre ses moyens.

Parler du temps où elle avait été réduite à la vulnérabilité extrême à quelqu'un qui avait déjà le pouvoir de faire battre son pouls deux fois plus vite que d'ordinaire ? Non, Dieu merci, elle n'était pas assez inconsciente pour commettre cette bêtise.

— À peu près tout le monde a connu au moins un épisode sombre, dans la vie, dit-elle d'une voix affermie. Toi aussi, tu as certainement traversé des épreuves. Je ne me permets pas de te prier de me les raconter, parce que ça ne m'intéresse pas.

4

Loin de paraître blessé par cette attaque, Rafael réprima un sourire.

— Ah bon. C'est très... comment dirais-je ? Rassurant.

Refusant de se laisser déstabiliser par ses sarcasmes, Samantha reprit encore plus sèchement :

— Dans ce cas, peux-tu enfin revenir au motif de ta visite ?

Il plongea son regard dans le sien. Un regard indéchiffrable.

— Qu'est-ce que tu sais faire, en dehors des gâteaux et des viennoiseries ?

— Pardon ? souffla-t-elle, décontenancée.

Pourquoi évitait-il soigneusement la question de son commerce ?

— J'ai lu ton CV, tu as été formée par de grands chefs. J'imagine que tes talents ne se limitent pas au domaine du sucré ?

Rassurée, elle sourit.

— Non, en effet. J'ai travaillé deux saisons pour un restaurant du coin, un établissement étoilé au *Michelin* qui m'a permis de maintenir ma pratique, en cuisine française et méditerranéenne. Je sais diriger un établissement en tant que cheffe, ce qui est un défi de chaque instant. Mais ce que je préfère, c'est la pâtisserie moderne et le travail des cuissons au four, c'est pourquoi j'ai décidé d'ouvrir un café qui proposera des plats légers pour déjeuner et des pâtisseries à déguster sur place ou à emporter. Chaque détail du concept a été pesé, mesuré, placé dans le contexte de la concurrence et assoupli, afin que mon café puisse s'adapter à n'importe quelle situation. J'ai travaillé très dur et j'ai mis de côté...

— Oui, j'ai vu tout cela, dit-il avec un hochement de tête encourageant. Alors voilà. Dans deux semaines, j'organise un séjour d'affaires de la plus haute importance dans une petite île des Caraïbes où j'inaugurerai bientôt mon dernier hôtel de luxe. Il s'agit de huit jours de réunions et de tractations afin de conclure un marché historique, huit jours où se rencontreront les P-DG de plusieurs sociétés prêts à signer un accord de vente coordonnée. L'accueil doit être parfait. Or il se trouve que par ailleurs, je cherche un chef pour le futur restaurant hôtelier. Je suis prêt à te confier la mission pour ces huit jours, si tu es capable de me démontrer la diversité de tes talents culinaires.

Sam ne s'attendait guère à une proposition de ce genre.

— Chef ?... Caraïbes ? balbutia-t-elle.

Il acquiesça.

— Le climat local est une bénédiction pour les Anglais en voyage, à cette époque de l'année, observa-t-il.

— Je ne... Je ne saisis pas.

Il se pencha au-dessus du guéridon et la couva d'un regard insistant.

— Impressionne-moi, Samantha. Si je suis convaincu par ton baptême du feu de huit jours, tu pourras proposer tes menus et apporter ta signature au restaurant en t'installant six mois comme cheffe créatrice. Tu auras carte blanche, du moment que tu donneras la priorité aux produits locaux. Je te superviserai au début, forcément, d'autant plus que l'équipe ne sera pas au complet, mais tu seras vite débarrassée de ma présence pour voler de tes propres ailes et diriger la cuisine comme le personnel à ta convenance. Et avec ce sésame en poche, tu verras toutes les portes s'ouvrir.

— Les portes ? répéta-t-elle, gagnée par un léger vertige.

— Ta rémunération te permettra amplement de trouver un commerce et un appartement où tu voudras. Ta clientèle potentielle sera multipliée par cent. Et il te suffira de mentionner mon nom pour obtenir les fournisseurs les plus cotés, réservés à la crème de la crème.

Samantha ne put s'empêcher de rire.

— Ça doit peser assez lourd, un melon pareil !

— Très lourd. Mais il refuse de dégonfler, admit-il, un sourire d'autodérision aux lèvres.

Une folle excitation montait en elle depuis qu'elle commençait à se représenter le projet. Mais pas question de se montrer trop enthousiaste !

— Si je comprends bien, reprit-elle avec méthode, le restaurant n'est pas encore opérationnel ? Comment vais-je pouvoir cuisiner ? À quoi ressemble l'équipement actuel, combien de personnes faudra-t-il servir en pension complète durant ces huit jours ?

— Treize, si je ne me compte pas.

— D'accord, acquiesça-t-elle.

— L'équipement pour la cuisine est en commande, je

te soumettrai la liste. En effet, tu seras limitée durant ces huit jours à cause du manque de personnel.

— Je vois... Alors en attendant que les cuisines soient prêtes à l'emploi, menu fruits de mer et barbecues de plage ?

Il oscilla lentement la tête.

— La ligne de mire, c'est le confort absolu des invités. La détente. Alors un magnifique plateau de fruits de mer le midi, avant une excursion avec le guide, pourquoi pas, mais pas question de barbecue. Le soir, dîner formel à table avec grands vins et le *nec plus ultra* des poissons locaux. Tu as l'air un peu... sidérée.

Elle déglutit lentement.

— C'est très soudain. Je vais me retrouver seule sur une île déserte pendant six mois...

Il haussa les épaules.

— Tu auras quinze jours pour revenir en Angleterre après la semaine inaugurale. Ça te permettra de régler tes affaires courantes et de dire au revoir aux températures polaires et au ciel gris, pour vivre quelques mois au soleil. On peut imaginer pire, non ? Tu verras, ça passera très vite. C'est moi qui cours un risque en te faisant cette proposition sans avoir goûté à tes plats, mais...

— Mais ? demanda-t-elle, peu habituée à le voir hésiter.

Il lâcha un bref soupir.

— Mais pour être honnête, le fait que je te connaisse change la donne.

Piquée au vif par ce mensonge, elle opposa vivement :

— Tu me connaissais déjà hier, et tu n'avais rien à me proposer !

— J'étais pris au dépourvu, répondit-il. Je ne suis pas sentimental. Enfin, pas le genre de type souvent perturbé par le passé. C'est la lecture attentive de ton dossier qui m'a fait réfléchir. Je pense que tu as la personnalité qu'il faut pour la création de la carte de ce restaurant.

— Ah bon ? Puis-je savoir de quelle personnalité il s'agit ?

— Coriace et jusqu'au-boutiste.

Il avait prononcé ces mots avec spontanéité. Avec fermeté. Sans une note de critique ni de reproche.

C'était conçu comme un compliment, mais Samantha le vécut comme un échec intime, la confirmation d'une angoisse récente : s'agissait-il de qualités féminines ? À vingt-sept ans, elle avait eu des petits amis, mais aucune relation débouchant sur quelque chose de sérieux. Le dernier en date, avec qui elle était sortie pendant sept mois, avait rompu en disant qu'il la trouvait « un peu difficile ».

Elle en avait déduit que son autonomie lui tapait sur les nerfs. Pourtant... quel mal à être libre ? Sa propre mère avait mis des années à trouver en elle la force de briser sa dépendance à un homme, et depuis qu'elle s'était prise en main, elle était tellement plus équilibrée ! Il n'existait rien de plus dangereux pour une femme que de s'en remettre aux décisions de son conjoint. De voir toute sa vie déterminée par la volonté de quelqu'un d'autre.

Elle releva la tête vers celui qui ne fréquentait que des mannequins aux yeux de biche, abonnées aux avant-premières et aux galas princiers. Aucune d'elles ne devait avoir été jugée « un peu difficile ».

Eh bien tant pis. Elle allait l'être « un peu » plus, songea-t-elle.

— J'aimerais que tu me dises franchement quelle est l'ombre au tableau, Rafael. C'est un peu trop beau pour être vrai. Il y a anguille sous roche.

Ainsi qu'elle s'y attendait, il afficha un sourire coupable.

— Ma foi... Une toute petite anguille, concéda-t-il. Nous ne séjournerons pas à l'hôtel.

À ces mots, Samantha frémit.

— « Nous » qui ? souffla-t-elle, le cœur battant sur un rythme affolé.

— Tout le monde. Mes managers ont encore quelques formalités à conclure, et je tiens à être en règle avec les autorités locales, le jour de l'inauguration du complexe.

— Je ne comprends pas... Où allons-nous être hébergés, alors ?

— Chez moi. Dans ma villa. J'espère que ça ne te pose pas de problème.

Une fournaise l'attendrait sur place. Sam allait quitter l'humidité glaciale de l'hiver dans le Yorkshire pour un climat tropical, et elle se regarda dans le miroir de sa chambre.

Il était 10 heures du matin, et elle se sentait comme une pile électrique, n'ayant pas réussi à fermer l'œil de la nuit.

« J'espère que ça ne pose pas de problème », avait dit Rafael le jour où, sans vraiment hésiter, elle avait accepté cette proposition insensée.

Un « problème » à l'idée de disparaître à l'autre bout du monde, sur une île où elle ne connaîtrait strictement personne à part son patron... *chez qui elle allait loger*, se livrant à sa merci ? Sans oublier que cet homme lui inspirait un mélange de rancœur, de répulsion et de, euh, de... de beaucoup trop d'émotions !

En résumé, elle avait eu le choix entre a) rester assise

sur l'échec cuisant du café à Harrogate, sachant qu'elle ne pourrait pas le monter ailleurs sans apport financier supplémentaire, et b) une expérience profitable à condition de se jeter dans la gueule du loup.

Néanmoins, pour être honnête, ce n'était pas soit la peste, soit le choléra. Dans le pire des cas, si ça se passait mal sur l'île, son contrat prévoyait un billet de retour aux frais de Rafael. Ainsi, même si elle partait vivre une très étrange aventure, en toute logique, elle avait tout à gagner, rien à perdre.

Depuis ce fameux samedi où Rafael Moreno avait frappé à sa porte, Samantha s'était renseignée sur l'île caribéenne où elle passerait probablement les six prochains mois. Elle n'était pas si petite que Rafael le sous-entendait. Cet important territoire de l'archipel des Grenadines possédait toutes les infrastructures indispensables, et elle avait déjà commencé à lister le meilleur des ressources locales.

Quant à sa mère, contre toute attente, elle était restée assez sereine à l'annonce de tous ces changements. Avant tout, Caroline avait paru soulagée que sa fille trouve une occasion de rebondir immédiatement après une déception : elle tenait à ce que Sam ne renonce pas à son rêve et se donne toutes les chances de le réaliser, même s'il fallait qu'elle serre la main de Rafael Moreno. La mention de ce nom n'avait pas déclenché de crise d'angoisse, bien que Caroline Payne n'ait guère conservé un bon souvenir de cet ancien ami de son fils.

Jean léger et T-shirt blanc : elle jeta un dernier coup d'œil à sa tenue qui devait lui permettre de voyager près de neuf heures, et de supporter la chaleur à l'arrivée – en début de soirée, heure locale. Pour le moment, elle enfilait son duffle-coat par-dessus son gros pull en pure laine, et elle se coiffait de son bonnet.

L'heure H avait sonné, constata-t-elle en lisant le message qu'elle venait de recevoir : le chauffeur envoyé par Rafael pour la conduire à l'aéroport de Gatwick depuis le Yorkshire l'attendait en bas de chez elle.

Elle vérifia une dernière fois que la maison était prête à hiberner pendant huit jours. Puis, elle prit ses valises et fit signe au chauffeur, qui les porta jusqu'à la berline.

Voilà, les dés étaient jetés.

Samantha inspira l'air mordant de ce matin enneigé.

En route pour l'inconnu !

Le soleil allait se coucher lorsque Rafael parvint au terminal de l'aéroport. Il lui fut facile de trouver une place où se garer, sur le parking récemment refait à neuf.

Le ciel se zébrait de rose et, même s'il se trouvait dans le lieu le plus fréquenté de l'île, il entendait les sons si caractéristiques des soirées tropicales : les criquets, le coassement exotique des grenouilles et la brise des rivages et bords de routes frangés de palmiers.

En effet, ici, le rythme des décollages et des atterrissages était limité.

Il n'avait eu que très peu de contacts directs avec Samantha, depuis quinze jours. Ping-pong du contrat par courriel, échange de listes à propos des réserves disponibles, des commandes à passer, des aliments à privilégier ou à bannir dans la préparation de tous ces repas incluant deux convives végétariens... Bref, évitant de lui téléphoner,

Rafael s'en était tenu aux aspects strictement techniques de leur future collaboration. Et il savait pourquoi.

Il avait éprouvé le besoin de mettre de la distance entre elle et lui, dès qu'il avait quitté sa petite maison de Harrogate, ce samedi-là. Parce que durant les deux jours qui avaient suivi sa visite, il avait été incapable de chasser le visage de Sam de son esprit. Ses grands yeux d'un vert aussi profond qu'une forêt de sapins sibériens s'incrustaient en lui, comme sa voix audacieuse et rebelle. Ce phénomène ne pouvait avoir qu'une explication : il était frappé par le contraste entre l'adolescente timide qu'il avait connue et la jeune femme pleine d'assurance qu'il retrouvait. Voilà. *Et rien d'autre.*

Il s'adossa un instant à sa voiture, regrettant d'avoir installé ce climat strictement professionnel durant deux longues semaines. Étant donné la situation dans laquelle il se trouvait, maintenant, il allait devoir faire en sorte que Sam lève vers lui des regards de biche – et non qu'elle l'aborde à chaque instant la main sur la gâchette.

L'avion avait atterri, et les centaines de passagers étaient accueillis par des familles ou des amis venus en nombre. Dans le terminal, Rafael prit garde de ne pas se faire heurter par les chariots à bagages que poussaient des voyageurs impatients de gagner leur logement.

Il repéra la jeune femme, immobile dans la foule.

L'air perdu, elle regardait partout autour d'elle. Un énorme chandail noué à la taille sur son jean trop large, elle portait une grosse valise surmontée d'un manteau.

Le col rond de son T-shirt révélait son cou gracile et la finesse de ses traits ; avec cette coupe de cheveux très courte, qui lui aurait donné plus de dix-huit ans ?

Rafael sourit quand leurs regards se rencontrèrent. Pourtant, alors qu'elle se dirigeait vers lui, elle se raidissait, trahissant le peu de sympathie qu'il lui inspirait.

Décidément, il avait eu tort de ne pas se préoccuper plus tôt de cet aspect des choses. Mais après tout, n'était-il pas perçu comme un négociateur de génie dans le monde des affaires ? Au fil de son ascension, il avait séduit les partenaires les plus récalcitrants. Il trouverait forcément une façon de charmer Samantha Payne.

5

Samantha gardait les yeux en l'air, émerveillée par la transparence du ciel indigo. Cette longue journée de voyage l'avait fait passer de son pays pluvieux et froid à... une autre planète.

Une chaleur inouïe l'enveloppait, et elle sentait déjà la sueur lui perler au front. Les sons qu'elle entendait lui étaient inconnus.

Tout le ressentiment qu'elle nourrissait depuis deux semaines envers Rafael s'évapora. Ses réticences comme ses craintes étaient soudain balayées par l'attrait grisant de l'exotisme. Enfin du neuf !

Oui, maintenant qu'elle était ici, elle éprouvait une folle envie de saisir cette chance, de profiter à cent pour cent de ce lieu magique.

— Donne-moi ta valise. C'est ton seul bagage ?

— Euh, oui...

— Le vol s'est bien déroulé ? La première classe rend ces longues heures moins inconfortables...

— Merci, répondit-elle machinalement en le dévisageant avec perplexité.

Le frôlement de leurs mains, comme il prenait la poignée

de sa valise, lui fit l'effet d'une décharge électrique. Irritée par sa propre réaction, elle le dévisagea avec méfiance.

— Mais qu'est-ce que tu fais ici ? Tu ne devais pas m'envoyer un chauffeur ?

— Si, répondit-il avec un sourire appuyé. Mais j'ai songé que tu ne connaissais personne ici, que tu serais sans doute soulagée de voir un visage connu à l'arrivée.

Comme ils parvenaient sur le parking, Sam aperçut les dernières zébrures orangées du ciel au moment où des milliers d'étoiles transperçaient peu à peu la voûte céleste.

Face à elle, au loin, les bâtiments qui bordaient la route auraient paru semblables à ceux que l'on voyait aux abords de tous les aéroports du monde, si leurs façades n'avaient été si colorées. Oui, même le décor sans âme de cette zone semi-urbaine lui faisait battre le cœur. Quel bonheur de découvrir un lieu si prometteur !

Mais elle n'oubliait pas que son hôte – son boss – se comportait de façon inattendue.

— C'est vraiment très, *très* aimable de ta part, Rafael, dit-elle.

Il haussa les épaules en riant.

— Merci d'avoir l'air aussi stupéfaite devant mes manières de gentleman... Voilà, c'est ici.

Il souleva la valise, la rangea à l'arrière et expliqua :

— Un pick-up 4x4 est indispensable, ici.

Sam insista :

— Tu m'as dit que tes invités arriveraient de façon informelle au cours du week-end précédant la semaine de réunions. Que tu tenais à être là pour les accueillir : ton absence ne va pas leur peser ?

— Ce sont des adultes, s'esclaffa-t-il. Ils peuvent survivre deux ou trois heures sans moi.

Sam écarquilla les yeux.

— Il y a une heure et demie de trajet jusqu'à ta villa ? Je ne pensais pas que tu étais si loin de l'aéroport...

— Non, ce n'est pas si loin. Installe-toi, dit-il en lui ouvrant la portière.

Lorsqu'il s'installa derrière le volant, elle frémit. Comme dans son salon, deux semaines plus tôt, ils étaient seuls, en tête à tête. Cette fois, hélas, elle avait laissé sa zone de confort de l'autre côté de l'Atlantique, et elle se sentait à sa merci. Déjà, les effluves de son parfum venaient caresser ses narines. Troublée, elle avait l'impression que la force musculaire et la masculinité débordante de Rafael saturaient l'habitacle.

Avait-elle eu tort de répéter chaque jour, comme un mantra, que cet homme représentait tout ce qu'elle détestait ? Car en cet instant, elle trouvait son odieux adversaire auréolé d'un charme dévastateur.

Il lui fallut un bon moment pour mettre son trouble sur le compte de la fatigue et reprendre ses esprits.

— Au fait... Si tu n'habites pas très loin, pourquoi roulons-nous depuis une demi-heure ?

Il lui décocha un bref regard de biais.

— J'ai pensé que ce serait une bonne idée de t'emmener prendre un verre dehors. Il faut que je t'explique le rôle que tu vas jouer.

Sam se détendit et savoura le confort moelleux de son large siège.

— Ah... Je vois. Tu t'inquiètes pour rien, j'ai une idée assez précise de ce qui m'attend.

— Vraiment ? répliqua-t-il.

— Eh bien oui. Sans te compter, treize convives, des...

— Quatorze, corrigea-t-il.

Samantha fronça les sourcils.

— Quatorze ? Je croyais que tu m'avais indiqué six couples et un hôte en solo.

— En effet. Un changement de dernière minute. Clément Hewell devait venir seul. À vrai dire, la pièce maîtresse sur l'échiquier, c'est lui : mon projet n'a plus aucun sens sans sa participation. Il se trouve qu'il est finalement arrivé avec sa petite amie, Victoria.

— Bon, d'accord. Sept couples et toi. Ça ne changera pas grand-chose.

Depuis qu'elle avait eu confirmation de la disponibilité de tous les produits frais dont elle aurait besoin grâce au marché local, elle ne se faisait aucune inquiétude. D'ailleurs, les maraîchers étaient prêts à se plier en quatre pour obtenir un contrat à l'année avec le futur restaurant de Rafael.

— Quand tu dis que tu sais ce qui t'attend... Tu parles des cuisines ou des invités ? demanda-t-il.

— Ma foi... les deux.

Elle sourit et sentit le plaisir monter en elle : elle adorait les nouveaux défis, et elle avait hâte de lui prouver qu'elle était capable de relever celui-ci. Oui, elle brûlait d'impatience de lui montrer qu'elle n'était plus l'adolescente gauche et effacée qu'il avait connue. Aujourd'hui, il avait affaire à une cheffe accomplie, habituée à manager jusqu'à dix personnes en cuisine. Elle allait réussir.

De toute façon, avant de signer le contrat, elle avait réglé la question des réserves avec Rafael. L'avant-veille, il lui avait confirmé par courriel l'exécution de ses ordres. Une importante commande de poissons et de viandes venait d'être mise en congélation pour les cas d'urgence. La cave protégeait des dizaines de caisses de vins, le cellier était rempli de sacs de riz au jasmin, de farine, de sucre.

— En ce qui concerne la nourriture, précisa-t-elle, je suis d'autant moins mise en difficulté par l'ajout de deux ou trois convives que cette clientèle a un appétit d'oiseau. En tout cas, les femmes de très grands hommes d'affaires : elles ne mangent pas, elles picorent.

Rafael haussa les sourcils.

— Tu n'es pas en train de généraliser ? De nos jours, les femmes ne se soumettent plus à un diktat alimentaire aussi cliché...

— Possible. Je ne parle que de mon expérience... Et si ce n'est pas le nombre de personnes à table qui te tracasse, pourquoi évoques-tu cette question ? Ils sont tous là ?

— Oui, depuis hier matin.

L'obscurité était totale sur les routes de campagne sans éclairage, et soudain les lumières de la vie urbaine revinrent. Samantha regarda les terrasses noires de monde de plusieurs bars, sur une avenue menant au bord de mer.

Puis, elle reporta son attention sur son chauffeur. Veste en lin blanche sur chemise légère et pantalon de toile, baskets portées pieds nus, laissant entrevoir la teinte bronze de sa peau. Une parfaite synthèse de l'élégance et de la décontraction.

Sa gorge était si sèche qu'elle déglutit avec peine. Finalement, mieux valait qu'elle se concentre sur le décor. La population, mélange de touristes et d'étudiants, à en juger par leur jeunesse.

— Et alors ? reprit-elle. Comment ça se passe ? Enfin, si je puis me permettre de poser la question…

Rafael ne répondit pas.

Elle s'était un peu détendue : tant mieux. Il emprunta la voie centrale du parking de la plage pour trouver une place et arrêta le véhicule tout près du café le plus populaire de la ville.

— Je me doute que tu es impatiente de découvrir la maison, que tu as besoin de prendre une douche et de te reposer. Mais comme je te l'ai dit, euh…

Tandis qu'il cherchait les mots justes, la jeune femme lui décocha un regard furieux.

— Je n'ai pas besoin d'une leçon de maintien pour savoir me comporter avec des gens très riches, Rafael ! lança-t-elle. J'ai eu l'occasion de servir des gens venus de tous les horizons, des clients qui comptent leurs sous pour acheter un sandwich et des ambassadeurs qui ignorent qu'on peut manger autre chose que du homard, du caviar ou des truffes. Tous ont droit aux mêmes attentions de ma part, parce que je suis professionnelle jusqu'au bout des ongles. Si tu me juges incapable de satisfaire ta clique de maîtres du monde, pourquoi m'avoir choisie ?

— Tu fais fausse route, lâcha-t-il, amusé par la vitesse à laquelle elle retrouvait son tempérament rebelle. Ceci dit, puis-je savoir à quelles attentions ont droit tes clients, les princes et les miséreux ?

— Un sourire gracieux, répliqua-t-elle, avant de lui livrer une démonstration très convaincante.

Quand elle souriait, son regard s'animait, et des éclats

d'or pur semblaient faire étinceler le vert émeraude de ses yeux.

— Pas mal, reconnut-il. Il faudra que tu m'apprennes ce truc, un de ces jours.

La colère de la jeune femme s'était évaporée.

— Tu en aurais besoin, renchérit-elle. Je me souviens d'un jour où je t'ai vu, devant le bureau du proviseur. Tu attendais d'être reçu pour recevoir la punition à je ne sais quel affront, et tu mâchais bruyamment ton chewing-gum, le menton bien haut, dans une attitude qui n'incitait guère à adoucir ta peine...

— Tu as raison. J'étais une tête brûlée. J'ai changé. Toi aussi, d'ailleurs. Tu vas voir, ici, tu vas être parfaitement à l'aise dans ta mission. Sache que je n'en doute pas un instant.

— Ah non ?

— Non, assura-t-il. Tu n'as peur de rien. Tu as eu l'audace de venir jusqu'à mon bureau et de m'accuser de t'avoir coupé l'herbe sous le pied. Je suis traumatisé à vie, depuis cette séance. Et comme tu le sais, j'ai attentivement étudié ton parcours, tes expériences dans la restauration. Tu sais *tout* faire !

Elle rougit.

— Inutile d'en faire des tonnes, opposa-t-elle d'un ton méfiant.

— Mais non, je te promets que je suis sincère.

Il l'invita à descendre du véhicule, et ajouta :

— Le sujet dont je souhaite te parler n'a rien à voir avec tes compétences.

— Ah ? Mais alors...

Oh ! bon sang. Samantha s'efforça de juguler l'angoisse qui l'oppressait soudain. Allait-il lui annoncer qu'il avait finalement recruté quelqu'un d'autre ? Peut-être un chef célèbre ? Allait-elle reprendre l'avion dès le lendemain ? Ses projets, son avenir, ses plans... Est-ce que tout allait s'écrouler une seconde fois ?

Jamais elle n'avait vu Rafael se montrer hésitant. Or, de toute évidence, depuis qu'il était venu la chercher, il tournait autour du pot. Il cherchait comment lui dire ce qu'il avait à lui dire – et c'était très, *très* inhabituel !

Sa peur lui faisait prendre conscience de son désir d'avoir ce job. Les doutes qui la rongeaient encore dans l'avion n'existaient plus. Elle voulait créer la carte du nouveau restaurant et repartir dans six mois avec cette ligne magique sur son CV.

Les tempes de Sam bourdonnaient encore sous l'influx de l'adrénaline, quand ils s'installèrent à une table avec vue sur la plage. Impossible, toutefois, de ne pas se laisser hypnotiser par la beauté du paysage. Derrière l'épaisse forêt de palmiers, la surface argentée de la mer défiait la nuit. Le balancement des feuilles mêlé au clapotis de l'eau composait une chanson douce.

Au-dessus d'eux, les constellations brillaient d'un éclat surnaturel. Elle souriait, enthousiaste, pour le signaler à Rafael quand elle surprit une expression démunie sur son visage grave.

— Mais qu'est-ce qui se passe ? s'enquit-elle.

Il lâcha un long soupir.

— Ce qui se passe, répéta-t-il lentement.

Jamais elle n'avait vu cet homme manifester un tel malaise.

Il s'éclaircit la gorge et enchaîna, évasif :

— Eh bien... Un changement de circonstances pour ton travail.

Samantha planta son regard dans le sien.

— C'est-à-dire ? Tu as trouvé un chef étoilé et je vais devoir...

Il secoua la tête et coupa :

— Non, je te dis que cela n'a rien à voir avec tes fonctions de cheffe. L'un de mes hôtes me place dans une situation délicate. Mais je ne vais pas être capable d'avoir cette conversation sans un verre... Tu vas voir, le rhum est exceptionnel, ici.

— Pardon ?

Il se tourna vers le serveur et commanda deux cocktails ainsi qu'une assiette de hors-d'œuvre, pendant qu'elle le fixait avec perplexité.

Ce fut à peine si elle prêta attention à l'assortiment d'acras de morue, de mini-concombres farcis et de petits pâtés créoles qui fut presque aussitôt posé sur leur table, avec deux verres remplis d'un liquide blanc en bas et vert en haut.

Rafael avala une longue gorgée avant de la regarder droit dans les yeux.

— Voilà. Tu sais, le couple dont je t'ai parlé, Clément Hewell et la femme qui l'accompagne...

Suspendue à ses paroles, elle hocha vivement la tête.

— Oui ?

— Au risque de me répéter, cet homme est l'alpha et l'oméga de mon coup. Sans lui, conglomérer les autres sociétés de technologies d'information et de vidéo ne sert à rien. Parce que si je suis possesseur du réseau et maître de sa puissance, c'est lui qui détient la licence des systèmes d'exploitation. Mon projet permet une très forte projection de développements, et donc d'arrêter les plans de licenciement prévus par deux acteurs dans ce schéma. Sans lui, tout tombe à l'eau. Or sans l'extraordinaire opportunité qu'offre ce deal, plusieurs sociétés impliquées vont devenir obsolètes et licencier : dans le climat actuel, on ne retrouve pas du travail dans la tech d'un claquement de doigts. Si ça marche, nous avons une chance unique de pouvoir embaucher plusieurs centaines d'employés et de conquérir un marché stratégique.

Sam hocha lentement la tête. Elle se sentait revigorée par le goût de pistache vanillée de son cocktail.

— Je comprends, Rafael, et j'imagine que tu sens peser une forte pression sur tes épaules, mais… Comment pourrais-je t'aider autrement qu'en faisant de mon mieux en cuisine ?

Il lâcha un nouveau soupir.

— La femme avec qui Clément est arrivé… La pièce rapportée de dernière minute. Tu te souviens ?

— Oui.

— Eh bien… Je la connais.

Samantha sourit.

— Ah ? C'est une bonne chose.

— Pas du tout, non.

Elle réfléchit et reprit :

— Bon, si vous ne vous appréciez pas, ce séjour sera sans doute l'occasion de pacifier et de…

Secouant la tête, il intervint :

— Dans les affaires comme dans le privé, Clément est un homme bien. Un type loyal, honnête, très vif et en pleine forme physique malgré ses soixante-dix ans. Il est connu dans nos cercles pour se montrer agressif et audacieux dans une acquisition, très généreux avec ses salariés.

— Je suis ravie que la pièce maîtresse de ton montage soit aussi respectable, mais je ne vois toujours pas...

— Victoria est une top-modèle de vingt-neuf ans, coupa-t-il.

Durant un bref instant, Sam fut interloquée par cet attelage digne des pires clichés du siècle précédent, puis elle s'esclaffa.

— Ah ça y est... J'ai compris ! C'est une de tes anciennes maîtresses, c'est ça ?

Rafael passa nerveusement une main dans ses cheveux et acquiesça.

— C'était il y a quatre ans, oui. Une liaison d'environ trois mois.

Hilare, elle répliqua d'une voix sirupeuse :

— Oh ! nul besoin de me livrer les détails. Je vois très bien le tableau. Mais bon, ce n'est pas la fin du monde ! Après tout, ce Clément sait que tu ne fréquentes que des mannequins, non ?

À cette pique, il se raidit.

— Pourquoi dis-tu cela ?

Il n'oserait tout de même pas nier l'évidence, songea-t-elle.

— Parce que c'est documenté par la presse people.

— Tu... Tu as mené une enquête sur ma vie intime ? s'offusqua-t-il.

— Hé ! Ne joue pas au saint avec moi, Rafael. Pas d'enquête, non. Je me suis contentée d'apercevoir régulièrement un tabloïd. Je n'y suis pour rien si *tu* te fais prendre en photo avec une femme qui n'est jamais la même d'une semaine à l'autre.

— Touché.

Il sourit.

Rassurée par ses capacités d'autodérision, elle poursuivit :

— J'imagine qu'elle est un peu gênée, toi aussi... Mais quatre ans ont passé, personne n'a rien fait de mal, dans cette histoire, même si la différence d'âge dans leur couple est un peu embarrassante.

— Hélas, ce n'est pas si simple, révéla-t-il. La journée d'hier s'est bien passée. Mais le soir, on a frappé à la porte de ma chambre. J'ai ouvert, et elle était là, en peignoir de bain. Un peignoir entrouvert pour me révéler qu'elle était nue dessous. J'ai réussi à la faire partir, mais la situation est pour le moins perturbante. Je risque bien pire que le cauchemar de devoir rester en alerte jour et nuit, redoutant à chaque instant qu'elle me coince quelque part.

— Comment cela ?

— Je ne peux pas courir le risque que l'un des futurs associés du groupe nous surprenne et déduise forcément de ce qu'il verra... que je suis un être déloyal et lubrique sautant sur les compagnes de mes partenaires d'affaires !

Samantha s'efforça de se mettre à la place de l'un de ces chefs d'entreprise venus pour tester les compétences de Rafael en tant que chef d'orchestre de leur consortium technologique. En effet, ce genre d'incident aurait des conséquences.

— Comprends-moi, en général, je me fiche de ce que les gens pensent de moi, reprit-il d'une voix où perçait une note d'angoisse. C'est vraiment un très gros projet, je ne peux pas laisser Victoria le mettre en péril par pure malice.

Clément est un homme vulnérable : il a perdu sa femme il y a deux ans, et ils s'étaient mariés à dix-sept ans – c'était un couple très fusionnel, à ce qu'on m'en a dit. Je ne sais pas ce qu'il fabrique avec Victoria, mais je le soupçonne d'avoir du mal à rester seul. Et elle, sous prétexte que c'est moi qui ai rompu, va user de toute son influence sur lui pour me punir...

— Mais pourquoi ferait-elle ça ? Tu peux sans doute tout régler en prenant le temps d'une discussion franche avec elle, non ?

— Non. La rupture a été... effroyable.

— Tu veux dire qu'elle t'a joué la scène des prières, des menaces et des supplications en boucle ?

— Quelle image ! s'exclama-t-il avec un petit sourire triste. Oui, c'est à peu près cela.

— Eh bien, elle a toujours des sentiments pour toi. Les gens font des choses insensées, dans ces cas-là... Qu'est-ce que tu espères de ma part ? Que je la garde en cuisine pour lui apprendre à monter des blancs d'œufs en neige ?

Le regard très sérieux de Rafael fit tomber à plat sa plaisanterie.

— À vrai dire, tu es beaucoup plus concernée par ce problème que tu ne le penses. En fait, c'est le tien autant que le mien.

Sam ouvrit de grands yeux.

— Ah ? Pourquoi ? interrogea-t-elle avec curiosité.

— Parce que tu es ma petite amie.

6

Durant quelques secondes, Samantha se dit qu'elle avait juste mal compris.

— Euh, pardon ? souffla-t-elle d'une voix éraillée par la stupeur.

— Nous sommes quasiment fiancés, enchaîna Rafael d'un ton serein. Et cette semaine, toi et moi, nous allons nous montrer follement amoureux l'un de l'autre. C'est le seul moyen que j'ai trouvé pour me débarrasser d'elle.

Non. Ce n'était pas possible. Bouche bée, elle se sentit pétrifiée.

— D'où ce détour jusqu'ici, pour discuter en tête à tête, reprit-il. Je ne suis pas fier de mon subterfuge, et je regrette de t'entraîner malgré toi dans cette histoire, mais quand cette femme est revenue se planter devant ma chambre ce matin, j'ai réalisé que la marge de manœuvre était étroite. Je l'ai menacée de révéler ses petites escapades à Clément. Elle m'a répondu qu'elle avait le pouvoir de le convaincre de renoncer au deal. Puis, elle m'a refait les yeux doux, en demandant un « joli point final sous les draps ». C'est là que j'ai eu cette idée… Le seul scénario qui pouvait me sauver, c'était une relation amoureuse, une vraie, un engagement sérieux qui donnerait bientôt lieu à des fiançailles très officielles.

— Mais...

— Attends avant de dire non ! coupa-t-il.

— Pourquoi ? Tu me laisses le choix ? répliqua-t-elle, furieuse.

— Eh bien, je suis conscient que ce n'est pas exactement ce qui était prévu, et je...

— « Pas exactement ce qui était prévu » ? tonna-t-elle, scandalisée, en repoussant vivement l'assiette de hors-d'œuvre. Je suis venue faire de la cuisine, rien de plus, rien de moins ! Et d'ailleurs, la préparation de trois repas par jour pour une quinzaine de personnes va me prendre tout mon temps !

— Il y aura quelques modifications à apporter au plan initial, admit-il très vite, mais je te promets que tu n'y perdras pas au change.

Ulcérée, Samantha s'efforça de retrouver son sang-froid. La voix de la raison lui soufflait qu'elle disposait toujours d'une porte de sortie : à tout moment, elle pouvait repartir pour l'Angleterre.

— Tiens donc ! répliqua-t-elle. Puis-je savoir comment ?

Il la considéra avec aisance, comme s'il reprenait la main.

— Plus de période d'essai, annonça-t-il. Plus de séjour de six mois dans un restaurant qui ne sera pas le tien. Je mesure ce que je te demande : alors si tu te prêtes au jeu, si tu acceptes d'interpréter le rôle que je vais te décrire durant huit petits jours, tu repartiras d'ici avec un chèque te permettant de lancer l'établissement que tu voudras, où tu voudras.

Il prit son smartphone, ouvrit la calculatrice et fit apparaître *sept chiffres.*

Sam cessa de respirer. L'air ne circulait plus dans ses poumons et les sept chiffres tourbillonnaient dans sa tête, magiques, déroulant un infini de possibilités.

— Tu... Tu veux m'acheter, balbutia-t-elle.

— Regarde plutôt les choses ainsi, suggéra-t-il. J'achète une semaine de tes talents. Tu étais une vieille amie, tu es devenue ma cheffe personnelle et nous sommes tombés dans les bras l'un de l'autre. Nous sommes ensemble, maintenant.

Sam tenta de réprimer le frémissement que faisaient naître ces paroles à la surface de sa peau. Rafael souriait.

— Rien ne t'empêchera de préparer quelques plats si tu le souhaites. J'ai engagé deux sous-chefs qui pourront fonctionner sous tes ordres ou être autonomes et concocter eux-mêmes le menu que tu auras établi. À ta guise. Des serveurs seront là le midi et le soir. Dans la journée, plusieurs gouvernantes se relaient pour l'entretien des chambres et l'intendance générale. Considère que, côté cuisine, tu es absolument libre. Quant à notre interprétation en duo... Elle sera très limitée dans le temps, grâce aux réunions de travail et aux excursions organisées pour mes hôtes. Mais je refuse de permettre à une manipulatrice égoïste de faire capoter un projet aussi crucial, qui représente des milliers d'emplois !

Être *la petite amie* de Rafael Moreno. *Pour de faux.* Difficile d'imaginer une expérience plus déstabilisante. Des sensations aussi intenses que contradictoires faisaient bouillir son sang dans ses veines.

— Je comprends que tu sois horrifiée, ajouta-t-il avec

empathie. Et je t'assure que je n'attends rien d'autre de toi que le minimum. Je ne suis pas du genre démonstratif : personne ne s'étonnera que nous ne soyons pas collés l'un à l'autre.

Le fait qu'il ait eu le temps de réfléchir à la façon dont il allait lui « vendre » le marché ranima son animosité. Samantha le dévisagea avec incrédulité.

— Et personne parmi ces gens, des patrons de société qui te connaissent bien, ne va s'étonner que tu aies craqué pour une cuisinière sans le sou qui était autrefois dans ton école ?

Elle leva les yeux au ciel et lâcha un soupir exaspéré.

— Enfin, Rafael ! s'énerva-t-elle. Ils savent tous que tu as un type de femme et un seul, les blondes d'un mètre quatre-vingts qui font la une des magazines de luxe !

— Toi, en tout cas, tu as l'air d'en être persuadée, répliqua-t-il.

Sans prêter attention à son sourire moqueur, elle renchérit :

— Regarde les choses en face, Rafael. Toi et moi, personne n'y croira jamais.

— Je ne suis pas de cet avis. Au contraire, il me semble beaucoup plus vraisemblable que le jour où un célibataire endurci tombe vraiment amoureux, ce soit avec une femme très différente de celles qu'il a connues. On dira que, lassé des femmes très sophistiquées, je me suis laissé charmer par...

— Une fille ordinaire ? coupa-t-elle. Merci pour le compliment !

— Non ! J'allais dire une femme ambitieuse, indépendante, et qui ne meublera pas sa vie d'épouse-trophée par le shopping chez les grands couturiers.

Cette fois, Samantha ne put retenir son hilarité.

— Parce que c'est ainsi que tu décris toi-même les femmes qui t'attirent d'habitude ? Quel cliché !

Il ne parut guère atteint par sa critique.

— Pourquoi pas ? J'assume mes goûts. Une top-modèle travaille très dur et s'investit pleinement dans l'entretien de sa beauté.

— Je ne prétends pas le contraire, dit-elle, adoucie, songeant à la nouvelle vie qu'elle allait embrasser si elle empochait trois millions de livres.

Plus aucun problème pour ouvrir son café, oser la grande pâtisserie, trouver un appartement. Ses dettes seraient remboursées, sa trésorerie garantie – peut-être même à vie !

Elle s'éclaircit la gorge et ajouta :

— J'essaie simplement d'attirer ton attention sur la dimension inattendue de ton annonce à tes invités.

Il fronça les sourcils.

— Écoute, opposa-t-il, pour les raisons que je t'ai exposées, j'aimerais que tu acceptes de tenir ce rôle de composition pour quelques jours. Tu roucoules un peu, on échange quelques baisers chastes pour la galerie, et tu repartiras d'ici riche et libre d'entreprendre ce dont tu n'aurais pas pu rêver avant au moins dix ans. Tu es partante, oui ou non ?

La carotte au bout de la ficelle était irrésistible, pensa-t-elle. Comment refuser une somme aussi astronomique ? C'était plus qu'un tremplin, c'était... une voie royale. Ainsi que la garantie d'offrir à sa mère une retraite confortable.

Rafael avait raison : quelques jours d'efforts contre toute une vie sous les meilleurs auspices ? C'était tout vu. Il lui suffisait d'aborder l'exercice comme un jeu.

— Je suis fatiguée, lâcha-t-elle. Le voyage a été long.

— Allons-y, acquiesça-t-il.

C'était de la folie. De la folie furieuse, se répéta-t-elle cent fois, tandis que le pick-up empruntait dans la nuit des routes de plus en plus étroites.

Après vingt minutes de trajet, ils franchirent la grille d'une allée privée. L'éclairage des baies vitrées au rez-de-chaussée de plusieurs bâtiments modernes dessinait leurs longues et élégantes silhouettes. Ils arrivaient, et il fallait qu'elle prenne une décision.

— C'est d'accord, lâcha-t-elle sans respirer. Je marche dans ton plan.

Rafael sourit.

— Merci, dit-il simplement.

Rafael n'avait pas menti à Sam en lui disant que ce scénario tordu était le seul qui lui soit venu à l'esprit, la seconde fois qu'il s'était trouvé nez à nez avec une Victoria quasi nue sur le seuil de sa chambre.

Lui qui se flattait de n'être jamais décontenancé avait failli rester bloqué, la bouche ouverte, devant Clément qui lui présentait sa « nouvelle amie ». Comment cette intrigante avait-elle réussi à tourner la tête d'un homme aussi sage, aussi clairvoyant que Clément Hewell, au point qu'il sorte avec elle ?

Immédiatement, il avait su qu'elle allait lui empoisonner la vie.

Il se rappelait les quinze premiers jours de leur relation : il trouvait la jeune femme trop intense, trop insistante, et avait cherché à comprendre pourquoi elle se comportait ainsi. En prenant le temps de discuter avec elle, il s'était aperçu qu'elle avait besoin d'une prise en charge psychiatrique, et il avait lui-même contacté un excellent médecin. Elle avait accepté de faire un bref séjour en clinique, mais rapidement, elle avait cessé de prendre les médicaments.

Rafael ne risquait pas d'oublier sa dernière semaine avec Victoria, ni les trente appels par jour quand il était en réunion, les visites-surprises au bureau. Ses multiples tentatives pour apaiser la dépendance pathologique de la jeune femme et la convaincre de reprendre son traitement… En fin de compte, épuisé par cette lutte, il avait rompu. De façon nette et brutale, donnant ensuite des consignes draconiennes à son assistante et à son concierge.

De toute évidence, comme il s'y attendait, en dépit des quatre années écoulées, elle lui en voulait toujours à mort.

En présentant la situation à Sam, il espérait avoir dissimulé la terreur que lui inspirait Victoria.

— Comment va-t-on procéder, alors ? demanda Samantha. Comment sommes-nous censés nous être connus ? C'est quoi, notre histoire ?

— C'est précisément la perfection de ce scénario, répondit-il. Nous avons déjà une histoire, toi et moi. Inutile d'inventer. J'étais l'ami de ton grand frère, on s'est croisés plus tard quand je rachetais l'hôtel d'un ami à toi, je t'ai recrutée comme cheffe… Et Cupidon a lâché sa flèche.

— Je vois, grommela-t-elle d'un ton peu convaincu. On se retrouve, c'est le coup de foudre et maintenant, on pense même au mariage ?

— C'est bien comme ça que tout le monde raconte un grand amour, non ? opposa-t-il. Une évidence, une illumination ! Je t'assure que tout le monde n'y verra que du feu.

Samantha contempla la grande cour ceinte par une rangée de cocotiers d'un côté, et de bosquets fleuris de l'autre. Le sol était serti de petites lampes encastrées, de même que les murs de la villa.

Dans la nuit, elle parvint à distinguer une immense véranda derrière des hamacs.

Il y avait des baies vitrées sur la moitié du premier bâtiment, au rez-de-chaussée comme au premier étage. C'était... gigantesque. Tandis qu'elle suivait Rafael entre les deux immenses colonnes qui marquaient le passage de la cour d'honneur à la terrasse, elle leva les yeux sur ces murs ultramodernes, dénués de tout romantisme.

Elle fut presque soulagée de s'accrocher à son bras, tant elle avait le vertige en pénétrant dans le monde des riches et des puissants.

— Ne te stresse pas, murmura-t-il. N'oublie pas que la comédie sera très limitée dans le temps, mes partenaires passant le plus clair de leurs journées en réunion ou en visite. J'ai prié mon assistante de leur organiser toutes sortes d'excursions, promenades en mer, char à voile, etc. L'hôtel, c'est trop impersonnel. Ici, chez moi, ils se projettent mieux dans l'esprit de cette collaboration. L'équipe prend forme, humainement. Ils peuvent se concentrer et se détendre. La cuisine est désormais équipée de tout ce dont tu auras besoin, et comme je te l'ai dit, tu es libre d'y préparer ce que tu veux, sans pression, grâce à tes deux sous-chefs. Tu vois ? Ce sera un jeu d'enfant.

— Tu me permettras de ne pas partager ta naïveté sur ce point, rétorqua-t-elle.

Elle allait lui expliquer pourquoi lorsqu'un homme habillé

en serveur fonça vers eux et alla chercher les bagages de Sam dans le coffre du pick-up.

Il était 21 heures, et elle serra le bras de Rafael en pénétrant dans une immense pièce immaculée, avec son sol de marbre et son mobilier en bois blanchi. Seuls les grands tableaux accrochés aux murs offraient une prodigieuse palette de couleurs. Bon sang, ces paysages exotiques de style impressionniste étaient-ils des œuvres de grands maîtres ?

Il devait s'agir du hall principal, car ils traversèrent encore une invraisemblable série de pièces. Tapis sublimes, grande tapisserie représentant de magnifiques perroquets, ici un lustre à pampilles de cristal, très classique, et là des canapés en cuir végétal contemporain…

Sam avait l'impression d'avoir sauté dans les pages en papier glacé d'un magazine de luxe sur les maisons de rêve.

— Où sont-ils tous ? s'enquit-elle, comme ils n'avaient encore croisé personne.

— Dehors. Le dîner est servi à côté de la piscine. Je vais brièvement te présenter, et tu pourras te retirer : décalage horaire, épuisée, et cætera. Après cette journée, tu as bien mérité d'aller te coucher tôt.

— Après toutes ces semaines, tu veux dire, corrigea-t-elle. Oui, je pourrais dormir cent ans.

— Sam…

Il s'arrêta dans un petit salon et plongea un regard grave dans le sien.

— L'hôtel de Clifford… Ce sont les affaires. Je n'ai pas fait cela contre toi.

— Peut-être, mais tu savais que j'allais bientôt conclure l'achat de la dépendance, non ?

— Oui. Même si j'ignorais qui était l'acquéreur. Cela ne changeait rien pour moi.

— Quand es-tu devenu si dur, Rafael ?

Il sentit sa mâchoire se crisper.

— Cette comédie d'une semaine ne te donne pas accès à ma vie privée, asséna-t-il sèchement. Je ne répondrai à aucune question que je jugerai trop personnelle.

Les grands yeux verts de la jeune femme brillèrent d'un éclat métallique.

— Parfait. Du moment que c'est réciproque.

— Impeccable. Tu vois, nous sommes faits pour nous entendre. Prête à rencontrer mes futurs associés ?

Comme ils arrivaient au-dehors, Rafael sentit le trac le gagner. Il lui suffit de jeter un coup d'œil en biais vers Sam pour voir qu'elle ne se coulait guère dans son personnage. Droite comme un I, tendue à l'extrême, elle s'était plaqué un sourire artificiel sur les lèvres. Un sourire évoquant davantage la panique et l'effroi que le bonheur de retrouver son cher et tendre !

Le climat qu'il tentait d'instaurer était celui de la détente : même à cette heure avancée du soir, l'air était chaud, et après avoir dégusté un martini, ses futurs associés avaient toute latitude de s'offrir une baignade dans la superbe piscine.

La détente, pensa-t-il encore. Le contraire de ce qu'éprouvait sa compagne en ce moment, à en juger par sa façon de planter ses ongles dans son bras.

La première impression allait être déterminante. Il le savait. Pas question de commencer cette comédie sur un échec.

Il ne lui restait donc qu'une solution.

Tout sourire, il se tourna vers elle et murmura :

— Samantha ?

— Oui ?

Sans lui laisser le temps de comprendre, il glissa une main dans sa nuque et caressa ses cheveux très courts. Puis, il se pencha sur ses lèvres et les pressa contre les siennes.

7

Ce baiser…

C'était la dernière chose à laquelle Sam s'attendait ! La bouche qui couvrait la sienne était douce, chaude, exigeante. Elle aurait dû le repousser. Il *fallait* qu'elle se dégage. Mais tandis que son sang se mettait à pulser de plus en plus vite, une délicieuse faiblesse s'emparait d'elle.

Fermant les yeux, elle se hissa sur la pointe des pieds pour répondre à son élan. À son tour, elle passa une main dans son cou et enroula langoureusement sa langue autour de la sienne. C'était divin.

Lorsqu'il s'écarta, elle vit briller une lueur amusée dans son regard.

— Merci, murmura-t-il.

En se retournant, Sam fit face à une douzaine de personnes qui, tout sourire, les fixait d'un air attendri.

Tel un hibou pris dans un phare, elle cligna des yeux. Il y avait les messieurs qui trinquaient au bord de la piscine, les dames dans les chiliennes, un couple debout près de la table…

Le balancement des cocotiers sous la voûte étoilée et la

superbe de cette terrasse donnaient à leur baiser un décor de carte postale.

— Permettez-moi de vous présenter Samantha.

La voix de Rafael la sortit de sa stupeur, et elle plaqua vite un sourire sur son visage. Sur la terrasse aux gigantesques pots de bambous, plusieurs canapés en rotin, des fauteuils assortis et une spectaculaire table basse en verre auraient permis à quarante convives d'être à leur aise. Un serveur en livrée était en train de présenter des coupes de champagne et le...

— Je dois dire que jamais je n'aurais cru voir le jour où le célibataire le plus endurci de notre cercle se déciderait à tomber amoureux...

Fielleuse, la remarque venait de fuser de la piscine, et Sam se tourna vers le somptueux bassin à débordement. Une seule personne pouvait s'exprimer avec tant de colère. Elle retint son souffle et vit apparaître la fameuse ex : une vraie déesse, avec son épaisse chevelure blonde relevée en chignon Bardot, son petit visage en triangle, ses yeux de chat d'un bleu acier et... sa silhouette parfaite, dont le bikini ne cachait quasiment rien.

La créature prit le temps de se laisser admirer avant de rejoindre un homme svelte et élégant. L'âge ne marquait guère les traits de Clément Hewell qui, cela sautait aux yeux, avait mené une vie saine, et conservait le regard vif d'un trentenaire.

— Avec de la chance, nous finissons tous par trouver ce grand bonheur, dit aimablement Rafael.

Il passa son bras autour de ses épaules, et alla la présenter à chacun de ses hôtes. Six hommes et six femmes, de la quarantaine à la cinquantaine, Clément étant l'aîné du groupe, Victoria la benjamine. Tous paraissaient se fréquenter ou bien se connaître, tous lui firent un excellent accueil, à l'exception de Victoria.

— Je lui ai dit qu'elle n'avait pas besoin de s'installer derrière les fourneaux pour nous, qu'elle pouvait se reposer… mais que voulez-vous : elle y tient absolument. N'est-ce pas, ma chérie ?

Il déposa un baiser sur le bout de son nez et, ignorant le frisson qui lui parcourait la nuque, elle répondit avec enthousiasme :

— Oui, mon cœur.

Elle le couva d'un regard énamouré avant de se retourner vers trois convives.

— Parce que, voyez-vous, je dois prochainement ouvrir mon propre restaurant : c'est une occasion unique pour moi de proposer mes talents à un public très connaisseur.

Durant un quart d'heure, elle échangea des politesses avec l'ensemble des participants au symposium. Rafael restait collé à elle, et ils échangeaient régulièrement un petit coup d'œil sirupeux.

Enfin, comme elle ne pouvait retenir un petit bâillement, son compagnon en profita pour lancer :

— Tu ne tiens plus debout, ma chérie. Il est vraiment l'heure pour toi d'aller te coucher.

Il s'excusa auprès de ses hôtes et l'entraîna à l'intérieur.

— Bonne entrée en scène, dit-il dès qu'ils furent seuls.

Ravie de lâcher son bras, elle le suivit dans le dédale de salons et de pièces d'apparat, avant de gravir derrière lui un grand escalier.

— Pourquoi m'avoir dit que tu n'étais pas « du genre démonstratif » ? protesta-t-elle. Tu m'as contrainte à répondre à tous tes petits gestes gnangnans. Tu aurais pu m'avertir !

— Improvisation… mais oui, c'est vrai.

— C'est parce que tu savais qu'il faudrait se tripoter en public que tu me proposes tant d'argent, insista-t-elle.

— Je n'aime pas que tu présentes les choses ainsi, se défendit-il.

— Dommage pour toi, maugréa-t-elle en jetant un coup d'œil sur le hall du premier étage et l'agencement digne d'un hôtel.

Il s'engagea dans le couloir du fond, et ouvrit une porte donnant sur le salon d'une suite.

Un salon à couper le souffle avec ses deux canapés autour d'une immense table basse, son grand bureau entouré de hautes bibliothèques et un bar sur le palier d'une véranda avec vue sur la mer.

Puis, il ouvrit une porte.

— La chambre, dit-il.

Elle aperçut le lit, et il précisa aussitôt :

— Que nous allons partager.

Samantha vit son énorme valise posée à l'entrée de la chambre. Vu la taille spectaculaire du lit dont elle devinait la forme, il y avait peu de chances que la pièce en contienne un second.

Comme elle lui retournait un regard glacial, il sourit.

— Il y a plusieurs siècles que les couples amoureux partagent le même lit, railla-t-il.

— Très drôle. Nous ne sommes *pas* un couple amoureux, rappela-t-elle sèchement.

— Sam, soupira-t-il, ne me reproche pas de ne pas t'avoir dit ce qui tombe sous le sens…

Lorsqu'il plongea son regard dans le sien, elle sentit remonter en elle les sensations extraordinaires de leur baiser. Dans l'ivresse du moment, elle s'était laissé envoûter, mais elle n'allait pas...

— Tu vas prendre la chambre, reprit-il. Les canapés sont convertibles.

Poussant un soupir de soulagement, elle sourit.

— Pourquoi ne pas me l'avoir dit tout de suite ?

— C'était beaucoup plus amusant de te regarder rougir jusqu'au front.

— Rien n'est amusant dans ta mise en scène, répliqua-t-elle, vexée.

— En tout cas, tu as déjà réussi à obtenir le plus important pour toi, observa-t-il. Je parle de la possibilité de passer tes journées en cuisine, où tu auras une paix royale, même s'il n'est pas impossible que l'un de mes collègues vienne voir ce que tu prépares...

Elle haussa les épaules avec décontraction.

— Tant qu'il ne s'agit pas de Victoria, ça ira !

— Qui sait ? Elle pourrait avoir une irrésistible envie d'apprendre à transformer le sucre en caramel. Mais sérieusement, merci, Sam. Un peu de patience : dans quelques jours, tu retrouveras une vie normale.

— J'ai hâte, avoua-t-elle.

Rafael avait prévenu ses hôtes qu'il serait peu présent le soir de l'arrivée de sa compagne. Pendant que Sam prenait une douche, il redescendit, passa un quart d'heure avec tout le monde devant le buffet dînatoire, et remonta dans sa suite.

Il ne se réjouissait guère de passer plusieurs nuits sur le canapé du salon mais, en parfait gentleman, il installa ses affaires de toilette dans la petite salle d'eau de l'entrée.

— Où aurais-je dormi si cette chère Victoria n'avait pas changé la donne ? s'enquit Samantha, dont seule la tête surnageait du luxueux peignoir de bain.

— Il y a quatre suites dans la villa, neuf autres réparties entre les bâtiments annexes. Clément et Victoria sont logés dans le pavillon près de la piscine. Tu aurais séjourné ici, dans une chambre à l'étage, pour accéder aisément aux cuisines. Au fait, tu es dispensée de toute participation au petit déjeuner : personne ne croira que nous sommes amoureux si tu me quittes dès l'aube pour aller faire de la pâte à pain. Je tiens à ce que notre succès ce soir ne soit suivi d'aucun faux pas.

— Dommage. Je suis la reine de la viennoiserie, répliqua-t-elle.

— Tu me le prouveras une autre fois. Demain matin, en me levant, je devrai faire disparaître toute trace de ma nuit sur le canapé. J'ai embauché beaucoup de personnel de maison pour la semaine, les gens peuvent parler : ne laissons rien au hasard. Nous irons prendre le petit déjeuner ensemble, comme des tourtereaux ravis de s'être retrouvés, puis je te conduirai au marché où tu trouveras tout ce que tu voudras.

Elle hocha la tête en silence. Elle semblait fatiguée.

— Dors bien, dit-il en allant déplier un canapé. Ah, encore une chose…

Elle se retourna.

— Nous plaisantions tout à l'heure, mais… Les gestes,

les petits baisers... Je ne voudrais pas que cela te mette trop mal à l'aise. Je t'ai choquée ?

Même une douche bien fraîche n'avait pas réussi à apaiser le tumulte de ses sens, réalisa Sam. D'un simple regard, il parvenait à faire battre son cœur trois fois plus vite. « Tu roucoules un peu, on échange quelques baisers chastes pour la galerie, et tu repartiras d'ici riche et libre. »

Le souvenir de ce baiser – qui n'avait rien de chaste – la hantait. Parce qu'elle était prête à le prolonger. Non sans embarras, elle se rappelait le plaisir qu'elle y avait pris.

— Non, non, dit-elle. Tu m'as surprise, mais... Je ne vois pas comment donner le change autrement.

— Ouf. Il m'a semblé que tu étais plutôt à l'aise, mais je voulais l'entendre de ta bouche.

— Ah bon ? Tu m'as trouvée, euh... « à l'aise » ? balbutia-t-elle, les joues en feu.

— Oui, enfin... Tu as tout de suite pris tes marques. Personne ne pouvait douter de nous. Même moi, j'ai été estomaqué quand tu as posé ta main sur mon cou, renchérit-il d'une voix ferme.

Ferme et amusée – sans trouble, sans chaleur particulière. Il lui donnait un bon point, comme un simple acteur reprenant sa casquette de metteur en scène.

— C'est le deal, non ? lâcha-t-elle. Maintenant, si tu veux bien... Je vais me coucher.

Vaincue par le décalage horaire et le changement de climat, Sam avait sombré dans les bras de Morphée à l'instant où elle avait posé la tête sur l'oreiller moelleux de l'un des lits les plus confortables qu'elle ait testés de sa vie. Après quelques heures de sommeil profond, au beau milieu de la nuit, elle s'était pourtant réveillée. Impossible de chasser de sa tête le visage de Rafael, ses regards langoureux, la chaleur de sa main sur ses épaules et… les sensations magiques léguées par leur baiser.

Adolescente, elle avait rêvé mille fois d'embrasser ce garçon. Était-ce la raison pour laquelle elle accordait une importance démesurée à cette brève étreinte de théâtre ? Elle voulait rester une femme libre, ambitieuse, indépendante. Jusqu'au jour où, elle l'avait toujours su, elle rencontrerait un homme respectueux de son autonomie, un partenaire solide et fiable avec qui elle fonderait une famille.

Elle s'en voulait. Pourquoi permettait-elle à son vieux fantasme de refaire surface ?

C'était d'autant plus stupide qu'elle méprisait tout ce que représentait Rafael : l'obsession des affaires, les milieux mondains et superficiels. Et puis, elle avait vu de ses propres yeux surgir de la piscine le modèle de la femme idéale pour lui : une blonde aux mensurations presque inhumaines, une poupée parfaite.

Il allait falloir qu'elle se ressaisisse, et surtout qu'elle se concentre sur la mission la plus inhabituelle mais la plus rentable de toute sa vie.

Elle finit par se rendormir et, quelques heures plus tard, lorsqu'elle se leva, elle passa directement dans la salle de bains.

Propre, pimpante, vêtue d'un débardeur en coton blanc sur un pantalon corsaire bleu, elle poussa prudemment la porte pour voir ce qui l'attendait dans le salon attenant.

Il n'était que 7 heures et pourtant, Rafael était installé à son bureau. Le canapé était replié, les draps pliés et posés sur la table basse.

Aucun indice ne permettait de penser que chacun avait dormi de son côté.

— Incroyable, murmura-t-elle. Je n'aurais jamais pensé que tu étais un maniaque du rangement, Rafael.

— N'est-ce pas merveilleux de découvrir chaque jour quelque chose de nouveau à propos de l'être aimé ? répliqua-t-il, taquin.

— Oh ! si. J'ai du mal à réprimer mon excitation, dit-elle sur le même ton.

— Tu as bien dormi ?

— Oh oui, merci. Ce matelas est un don des dieux. Et toi ?

Il afficha un petit sourire de fierté.

— Heureusement que je ne lésine pas sur la qualité des canapés. Café ?

Comme elle hochait vigoureusement la tête en signe d'assentiment, il prit le temps de s'étirer et de se lever pour aller mettre une capsule dans la machine, au bar de la véranda.

Sam lui emboîta le pas et, franchissant le seuil de la verrière, resta en arrêt devant le panorama.

On ne voyait ce genre de choses que dans les films… La villa dominait la mer turquoise d'une centaine de mètres, et disposait d'un accès privé à une plage de sable blanc. Face à elle s'étendaient des eaux calmes qui, déjà, étincelaient sous la puissance du soleil. Si elle se tenait dans un coin de la véranda, elle apercevait la terrasse et la piscine, côté ouest. Partout, cocotiers et bambous faisaient entendre comme une légère mélodie, sous l'effet d'une brise chaude.

Le seul bruit lié à l'activité humaine venait d'une tondeuse, au loin, assourdie par le ressac.

— Merci, souffla-t-elle en prenant la tasse qu'il lui tendait.

Pieds nus, en bermuda kaki et chemise en lin, il était aussi diaboliquement séduisant qu'à l'accoutumée.

— Assieds-toi, Sam. On descendra dans un petit moment. Rien ne presse. Les gens prennent leur petit déjeuner au buffet ou servi en chambre, et la journée de travail ne commence qu'à 10 h 30. J'ai une salle de conférences en bas, avec liaison satellite permanente, écran et tableau de présentation, et tout le toutim. Je peux te conduire au marché, si tu veux. Les pêcheurs viennent vendre tous les jours sauf le mardi.

Sam le considéra avec attention et demanda :

— Je sais que je n'ai pas le droit de m'aventurer en terrain trop intime, mais à quel rythme viens-tu ici ?

— Comment cela ?

— Quand es-tu venu la dernière fois ? C'est une information que je dois connaître, ô grand amour de ma vie.

Rafael fixa la jeune femme d'un regard insistant. Sa question était assez innocente, sa raison de la poser plus que pertinente. Mais ne rien dire de soi, ne jamais rien révéler de personnel, c'était une seconde nature. En fait, il ne savait même plus répondre avec naturel quand on l'interrogeait à propos de sa vie.

C'était d'autant plus déstabilisant en présence d'une personne l'ayant connu par le passé. Les yeux verts, aussi transparents que des émeraudes, ce matin, le couvaient avec curiosité.

Elle était si fine et ses cheveux bruns étaient si courts qu'elle aurait dû dégager quelque chose de masculin. Bizarrement, c'était tout le contraire. Elle était tout en féminité, avec ses chevilles fines, son cou gracile, sa bouche pulpeuse et...

Il retourna vers la machine pour se servir un nouveau café, puis il fit signe à la jeune femme de se servir : sur la table de la véranda étaient disposés panier de fruits, assiette de pâtisseries, mélanges de graines et de céréales, yaourts et confitures.

— Tu as raison, reconnut-il. Mieux vaut en savoir un peu plus l'un sur l'autre. Je ne viens pas souvent ici, pas aussi souvent que je le souhaite, du moins. Mais la villa ne reste pas vide : mon père vient souvent avec des amis et, un week-end par mois, des employés viennent ici. Je leur offre le séjour en bonus, pour les remercier de ne pas compter leur temps... Parce que le temps, c'est de l'argent.

— Vraiment ?

Son visage était froid.

— Quand es-tu devenu comme ça, Rafael ? enchaîna-t-elle. Quand tu avais seize ans, tu n'avais cure de t'enrichir, en tout cas pas financièrement. Tu n'aurais pas eu pour projet de te faire construire une villa de milliardaire sur une île des Caraïbes, et de ne jamais y aller parce que « le temps, c'est de l'argent ».

Bien que touché par ses reproches à peine voilés, il haussa les épaules et assura gentiment :

— Je ne suis pas plus consumériste aujourd'hui qu'autrefois. Je voulais la liberté, et je me suis simplement aperçu que l'argent est le meilleur moyen de la gagner.

Comme elle ne répondait pas, il poursuivit :

— Et toi, Sam ? Tu n'as jamais eu envie de gagner assez d'argent pour quitter ta toute petite ville de province ?

— Non, répondit-elle avec simplicité.

Sa réponse l'étonna tellement qu'il lui fallut une longue seconde pour se ressaisir.

— Quoi qu'il en soit, reprit-il, l'argent intéresse tout le monde.

— Dans ton univers, oui, probablement.

— Encore une fois, insista-t-il, l'argent, c'est la liberté. Qui n'a pas envie d'être libre ? Néanmoins, pour revenir à ta question initiale, j'ai fait bâtir cette villa il y a très longtemps. C'était pour célébrer mon premier million.

Elle l'écoutait. Oui, elle se montrait poliment attentive. Mais il ne discernait aucune étincelle dans son regard. Aucune forme d'excitation.

Elle n'avait peut-être pas tort : à force de fréquenter des gens obnubilés par leur fortune, il acquérait de mauvais réflexes.

— J'ai des ancêtres originaires de cette île du côté paternel, annonça-t-il. Et quand ils ont enfin pu partir en voyage de noces, mes parents sont venus ici. J'avais trois ans.

— Ah, je comprends alors, dit-elle, le visage illuminé d'un large sourire. Comment va ton père, au fait ?

— Mieux que jamais. Il s'est installé à Valence. Il est brièvement retourné à Londres lorsque nous avons quitté le Yorkshire, et il m'a avoué qu'il désirait retrouver son Espagne natale. Je lui ai offert un appartement là-bas dès que j'ai acquis ma première licence pour une application.

— C'est formidable ! Il doit être tellement fier de toi, Rafael ! s'exclama-t-elle.

Elle finit son demi-pamplemousse et se leva.

— Tu sais, je peux aller seule au marché, suggéra-t-elle. Tu as des milliers de choses à faire alors que j'aurai besoin de prendre mon temps, une fois sur place. Je vais descendre en cuisine, faire connaissance avec mon équipe et faire les courses seule.

— Bon, d'accord. Mon chauffeur est à ta disposition.

Grâce au chauffeur de Rafael, Sam eut droit à un tour de la ville avant d'aller au marché. Il lui montra les quartiers résidentiels, les plages les plus populaires et le port de pêche.

Vitre baissée, le vent soulevant ses courts cheveux, Samantha restait éblouie par le bleu du ciel. Autour des vergers et des champs, les poteaux téléphoniques étaient chargés de fils, eux-mêmes garnis de vigne vierge. Tous les arbres paraissaient gigantesques ; toutes les formes de végétation, exotiques. La plupart des véhicules qui se pressaient en ville étaient des scooters et des camionnettes rescapés des années 1970.

Pour la première fois, elle éprouvait deux sensations aussi nouvelles qu'exaltantes : le confort d'être en contrôle, l'ivresse d'être seule au volant de son avenir.

8

Dès qu'elle descendit de voiture, Samantha fut assaillie par les odeurs d'épices et de fruits. Les couleurs vives et intrigantes de douzaines d'étals frappèrent son regard, et elle s'aventura dans les dédales de la grande place du marché. Des enfants couraient, jouaient, faisaient du vélo. Des femmes se rassemblaient sur un banc pour discuter, des hommes riaient au comptoir d'un bar improvisé.

Ravie par ce climat chaleureux, elle prit tout son temps et sentit l'angoisse de la nuit se dissiper complètement. Quelques jours de proximité avec Rafael, ce n'était rien comparé au futur qui s'offrait à elle ! Plus d'inquiétude au sujet de son logement, plus de limites à la création de son café, plus de freins... La voie serait libre.

Bien sûr, il y avait eu ce baiser... Et alors ? Rien n'était gratuit, et il fallait bien surmonter quelques difficultés pour mériter le paiement. À peine eut-elle formé cette pensée qu'elle se demanda *quand* elle parviendrait à assumer la façon dont elle avait gagné son avenir en or massif.

Oh et puis non, elle refusait de se laisser intimider par une conscience qui faisait du zèle. Jouer le rôle d'une petite amie pour un vieux camarade... D'accord, c'était une façon peu commune de devenir riche, mais après tout, elle ne faisait rien de mal. Rafael n'avait-il pas souligné que des centaines de personnes risquaient de perdre leur emploi, si Victoria faisait capoter son deal ?

Ayant réussi à ranger ses scrupules dans un coin obscur de son esprit, Sam rentra à la villa. Les deux jeunes garçons qui allaient officier comme sous-chefs étaient des as de la cuisine créole, et elle leur avait donné congé pour le service de midi.

Ravie de découvrir tous les instruments et équipements de la grande cuisine, elle mit la radio à faible volume et se lança dans la recette marseillaise.

Quand elle cuisinait, Samantha était comme transportée dans un autre monde. Toute sa concentration était happée par les mariages de saveur qu'elle réalisait. Il y avait si longtemps qu'elle n'avait pas eu l'occasion de reprendre sa recette de bouillabaisse ! Elle était ravie de donner une touche antillaise à l'un de ses classiques, grâce au poisson de roche et au mahi-mahi. Elle était en train de préparer le fond de soupe quand elle entendit un claquement de talons sur le marbre.

Victoria.

Lorsqu'elle se retourna, la jeune femme se tenait dans l'encadrement de la porte. Bon sang, cette fille n'avait-elle rien d'autre à se mettre que des vêtements taillés dans un mouchoir de poupée ? Le soutien-gorge de son bikini dissimulait à peine ses tétons, le paréo noué sur sa hanche laissait entrevoir son string, et malgré ses sandales plates, elle dominait Sam de vingt centimètres.

Sans gêne, elle ferma la porte derrière elle et se cala contre la table, dans une pose dominatrice.

— La plage est agréable ? demanda Sam d'un ton aussi neutre que possible, tandis que l'intruse égouttait ses longs cheveux sur le sol.

Le regard que jetait Victoria sur son tablier imprégné de jus de tomate et ses espadrilles toutes simples révélait l'étendue de son mépris.

— La plage est comme n'importe quelle plage, répondit-elle. Je suis venue vous voir, parce que nous n'avons pas vraiment été présentées hier soir. N'est-ce pas ?

— C'était bref, concéda Sam. Les vols long-courriers vous mettent à plat.

— Vous voyagez beaucoup ?

— Non, très peu. Puis-je vous aider à trouver quelque chose ? Parce que, je suis au beau milieu de ma préparation...

D'un ample geste, elle désigna les très nombreux ingrédients disposés un peu partout.

— Oui, c'est vrai. Vous êtes cheffe. C'est fascinant ! Rafael s'est donné beaucoup de mal pour trouver chaussure à son pied. La dernière fois que j'ai eu des nouvelles de ses amours, il sortait avec la star des podiums de la dernière *fashion week* à Paris, c'est bien ça ?

Sam essayait de faire suer ses gousses d'ail dans l'huile d'olive sans se laisser distraire.

— Ah oui ? Aucune idée. Ce n'est pas du tout mon univers, vous savez.

— Oui, je sais ! Comme c'est adorable... Rappelez-moi comment vous vous êtes rencontrés, déjà ?

— Une autre fois, si vous permettez, Victoria. Nous trouverons bien une occasion de bavarder entre filles quand je ne serai pas en cuisine. Mais là... sans vouloir manquer de tact... pourriez-vous...

Indifférente au regard lourd que lui lançait Samantha, la blonde l'interrompit :

— Rafael ne me parlait jamais de son passé, quand nous étions ensemble. Vous savez que nous avons été ensemble ?

— Oui.

— Et vous imaginez ma surprise quand il m'a annoncé qu'en plus d'avoir une nouvelle petite amie, vous étiez *très amoureux*... et qu'il s'agissait d'une *relation sérieuse* !

Une bouillabaisse était un plat complexe et Sam avait encore à flamber le poisson, et faire cuire ses pommes de terre. Il fallait que cette insupportable bimbo s'en aille !

— J'avoue, souffla Victoria d'une voix qui n'annonçait rien de bon. J'ai mené ma petite enquête sur vous. J'ai vu votre CV. Waouh ! Fabuleux. D'autant plus que vous êtes enterrée au fin fond de nulle part. C'est fou quand même, que vous vous retrouviez avec Rafael, non ? C'est votre maman, qui habite aussi dans le Yorkshire, qui doit être folle de joie : sa fille au bras de l'un des hommes les plus riches d'Europe ! Elle a dû...

— Elle est aux anges, coupa Sam. Maintenant, s'il vous plaît...

— Vous savez que ça ne va pas durer ? Hein ? Vous le savez ? répéta-t-elle, menaçante.

— Pourquoi ? Parce que vous étiez faits l'un pour l'autre, tout bien réfléchi ? opposa-t-elle.

— Parce que avec Rafael, ça ne dure jamais. Parce qu'il n'aime personne. Et que si les femmes les plus belles de la planète n'ont pas réussi à lui faire changer d'avis, comment espérez-vous y parvenir ?

Sam resta un instant muette, parce qu'elle entendait dans la voix de Victoria une note de folie furieuse, beaucoup plus nette que celle du désespoir. Cette jeune femme n'allait pas bien. Son regard haineux et perdu faisait peur. Elle comprit soudain comment Rafael s'était vu au pied du mur, contraint d'inventer n'importe quoi pour échapper aux stratégies démentes de son ex.

Affichant une mine songeuse, Samantha fit comme si elle s'imprégnait, tristement, de la sagesse de cette dernière remarque, ce qui parut calmer son interlocutrice.

— Je vous dis cela dans votre intérêt, conclut Victoria en se dirigeant vers la sortie. Pour que vous ne tombiez pas de trop haut.

— Tu cherches quelque chose ?

La belle blonde faillit se cogner à Rafael, qui parvenait sur le seuil.

— Une bouteille d'eau, répondit Victoria. Mais en fait, j'en ai dans le minibar.

Durant une fraction de seconde, Sam vit cet homme et cette femme se faire face. Ils étaient charismatiques, à peu près de la même taille, beaux comme des acteurs hollywoodiens – en parfaite harmonie.

Rafael Moreno avait toujours été attiré par ce genre de femmes – et il le resterait toujours.

Quand elle se fut éloignée, il s'enquit auprès d'elle :

— Qu'est-ce qu'elle te voulait ?

Sam haussa les épaules.

— Rien.

— Ne me raconte pas d'histoires, Samantha. Je vois bien que tu es troublée.

— Mais non ! assura-t-elle, une pointe d'agacement dans la voix. Je ne suis pas troublée, c'est elle qui est perturbée.

Et je suis capable de faire face à ce genre de personnes. Tu n'as pas besoin de me défendre, Rafael, je...

Sans un mot, il était venu auprès d'elle, et il l'attira contre lui.

— Je suis toute tachée de tomates, protesta-t-elle.

— Chut. Tu es la femme que j'aime durant toute une semaine, et que cela te plaise ou non, mon rôle consiste à te protéger. Ignore-la, Sam.

Il se mit à caresser ses cheveux, et il la serrait si tendrement contre lui qu'elle ne put réprimer un soupir de plaisir.

— Tu vaux mille fois mieux qu'elle. Ignore-la, répéta-t-il.

— Je ne vaux pas mille fois mieux qu'elle, Rafael. Sauf pour préparer une bouillabaisse. Mais dans le miroir, elle triomphe en une seconde. Sa beauté est spectaculaire et moi, je suis tellement ordinaire...

— Si c'est ce que tu crois, tu devrais vite retourner devant ton miroir, Sam ! s'exclama-t-il. Et regarde un peu mieux : tu as des traits d'une finesse admirable, tu es sexy, et surtout, tu ne ressembles à personne. Tu es unique.

Au moment où elle croisa son regard, elle sut ce qu'il allait faire. Alors elle ferma les yeux, et le laissa la saisir par la taille pour l'embrasser.

C'était un baiser sans public. Un baiser superflu... un *vrai* baiser.

Un baiser dans lequel elle se perdit passionnément, le cœur battant à coups redoublés. Sa bouche épaisse et ferme était ensorcelante, leur étreinte si exquise qu'elle en voulait davantage, mais...

— Eh bien, murmura-t-il en la lâchant.

Il avait l'air confus.

— Qu'est-ce que nous allons faire, demanda-t-il, maintenant que...

— Rien, coupa-t-elle aussitôt. Oublier cette parenthèse !

— Ou bien...

— Non Rafael, plaida-t-elle.

Il sourit et s'écarta.

— Bon. Comme tu voudras.

Il passa son doigt autour de sa bouche, en un geste si érotique qu'elle frémit de tout son corps.

— Je suis un gentleman et je dormirai sur le canapé jusqu'à ce que tu m'invites à te rejoindre dans ton lit, ajouta-t-il d'une voix espiègle, en tournant les talons.

Ce satané sourire ! Il allait la rendre folle ! D'autant plus que Rafael n'était *pas* un gentleman – et qu'elle ne désirait pas qu'il en soit un.

Dans le grand salon, Rafael écoutait Clément lui parler des enjeux boursiers de leur projet. Il était un peu plus de 19 heures, et grâce à l'agencement astucieux de plusieurs canapés en demi-cercle, tout le monde pouvait participer aux conversations de chaque groupe.

C'était l'heure de l'apéritif, coupes de champagne et cocktails étaient servis aux futurs associés, déjà quasiment tous acquis à la création de leur super-groupe. Les jours à venir seraient donc dévolus à des discussions contractuelles de plus en plus précises, à des plans de lancement de plus en plus techniques... à condition de convaincre également Clément Hewell : à cause de son importance dans le deal, il se montrait tenté mais très prudent.

Clément venait de se tourner vers Geoffrey, P-DG

d'une petite société de jeux possédant un titre au succès phénoménal, et désireux de bénéficier d'une protection mutualisée pour ne pas être sans cesse harponné par la concurrence.

Rafael avait bon espoir de réussir à rallier Clément Hewell au projet mais pour l'heure, sa compagne l'inquiétait davantage. Victoria vidait maintenant sa quatrième coupe de champagne, or elle était capable de tout... y compris de se gorger d'alcool pour mieux répandre son fiel. Rafael baissa les yeux sur sa montre. Où donc était Samantha ?

Il se rappela ses grands yeux levés vers lui, alors qu'elle venait de lui révéler, en toute innocence, qu'elle ignorait tout de son irrésistible charme. Impossible de mettre ce baiser sur le compte d'un élan de nostalgie. Il n'éprouvait, du reste, aucun sentiment de cet ordre, sa vie d'aujourd'hui se révélant bien plus satisfaisante que ses luttes d'adolescent. Alors... qu'est-ce qui l'avait poussé à embrasser Samantha ? D'où venait ce désir impérieux ?

C'était peut-être le contraste entre Victoria et Sam. Une façon de tourner le dos à une relation malsaine avec une femme malsaine. Et puis surtout, avec Sam, il ne risquait rien : elle jouait le jeu pour repartir d'ici avec un chèque. Ainsi, pour la première fois de sa vie, Rafael n'avait pas l'impression que sa compagne espérait davantage que ce qu'il était prêt à donner.

Sa dernière liaison avait duré trois semaines. C'était quatre mois auparavant. Actrice débutante et mannequin vedette d'un créateur parisien, la jeune femme lui avait conseillé de mûrir s'il voulait rester avec elle. Ce qui, traduit dans sa langue, signifiait qu'elle envisageait déjà le mariage. Il avait poliment décliné la proposition.

Peut-être était-il lassé des top-modèles, peut-être avait-il besoin de se tourner vers des femmes différentes.

Samantha Payne était à l'opposé de ces filles sophistiquées et cyniques. Physiquement, mais aussi en tant qu'entrepreneuse enracinée dans son Yorkshire natal.

Seulement... Elle ne l'appréciait guère. Humainement, il sentait bien qu'il la dégoûtait. Elle le prenait pour un matérialiste, un carriériste, une espèce d'homme d'affaires sans foi ni loi. Y avait-il un fond de vérité là-dedans ?

Rafael n'avait jamais été un masochiste : pourquoi serait-il attiré par une femme qui le désapprouvait ?

Lorsqu'elle pénétra dans le salon, l'anxiété montée en lui s'évanouit d'un seul coup. De même que les futurs associés, les conversations, les verres... Il ne voyait plus qu'elle. Ses muscles se tendirent, il sentit sa gorge se contracter.

Elle portait une robe bain de soleil très simple, à motif fleuri, ornée de boutons en forme de perle. Sans bijoux, sans maquillage, les bras nus et de ravissantes sandales plates aux pieds, elle était étourdissante de fraîcheur.

Il se leva, se dirigea droit sur elle et lui sourit, ravi.

— Samantha ! Ma chérie, enfin te voici !

— Oui, mon amour, me voici, répondit-elle en se lovant au creux de son épaule tandis qu'il effleurait son front d'un baiser minimaliste.

Le cœur de Samantha battait à toute vitesse, et sa température grimpa d'un degré.

Cet homme était diabolique. Comment réussissait-il à lui faire perdre tous ses moyens chaque fois qu'il entrait dans son champ de vision ?

Elle avait accepté un boulot. Une mission. Un contrat d'une toute petite semaine. Rien de tout cela n'était vrai, se répétait-elle sans cesse – en vain. C'était insupportable, inexplicable. Par exemple, Rafael portait ce soir un jean noir, un T-shirt très simple et des mocassins en daim. Rien, absolument rien dans cette tenue n'aurait dû rendre son propriétaire outrageusement sexy, et pourtant… Elle n'était pas sûre d'avoir déjà ressenti une telle excitation en présence d'un autre.

9

À peine eut-elle rejoint les membres du groupe que Sam aperçut Victoria en vigie derrière Rafael. Sans équivoque, sa flûte de champagne en main, elle ravalait sa rage. Les cheveux lâchés sur les épaules, moulée dans une superbe robe longue en soie rose, elle était d'une beauté renversante.

Comme sous l'effet d'un défi, sans hésiter, sans réfléchir, Samantha se hissa sur la pointe des pieds. Elle posa ses mains à plat sur le torse de son compagnon et offrit à l'assistance le spectacle attendu : un vrai baiser.

Voluptueux, gourmand, audacieux.

Si audacieux que, lorsqu'elle mit fin à leur étreinte, il lui chuchota à l'oreille :

— Eh bien… Quelle surprise.

— Chut. Ton ex ne nous quitte pas des yeux, répondit-elle très bas. Ce n'est pas ce que tu attendais de moi ?

— Si, ma chérie. Bien sûr que si.

— Ah, les jeunes amoureux ! s'exclama une dame en levant sa coupe de champagne.

Tous les convives l'imitèrent, portant le toast :

— Aux jeunes amoureux !

Embarrassée, Sam laissa Rafael l'attirer contre lui. Ses

seins durcis par le désir tendaient le coton de sa robe, et une onde brûlante parcourait le haut de ses cuisses.

Elle s'efforça de dominer cette pulsion strictement hormonale pendant qu'ils se dirigeaient tous vers la salle à manger, où le dîner était servi.

— Et si nous les abandonnions tous ici ? suggéra tout bas Rafael. Les « jeunes amoureux » sont toujours excusés, quand ils s'éclipsent pour échanger un moment torride.

— Arrête de dire n'importe quoi, maugréa-t-elle, au comble de la gêne.

— Voyons, Sam, je plaisantais... Tu es rouge comme une écrevisse, s'esclaffa-t-il.

Il déposa encore un baiser contre sa tempe, et elle se sentit comme en équilibre sur un nuage. Mais un nuage pour elle toute seule. Lui, il « plaisantait ». Alors que Sam avait cru que...

Elle reprit sa respiration. Ce démon avait si bien réussi à la décontenancer qu'elle eut besoin de quelques minutes pour retrouver son personnage.

Depuis le repas de midi, Samantha recevait une pluie de compliments sur sa cuisine. Sa bouillabaisse avait remporté tous les suffrages. Ce soir, elle s'était contentée de préparer le risotto aux asperges et le dessert. L'exécution du reste du menu était confiée à ses deux coéquipiers. Dès que les entrées antillaises furent servies, elle eut à nouveau droit à de nombreux éloges.

Son voisin de table juste en face voulut savoir où elle comptait ouvrir son restaurant, sa voisine de droite si elle utilisait du piment.

— Mes sous-chefs sont de merveilleux spécialistes de la cuisine créole, expliqua-t-elle. Ils m'ont déjà appris beaucoup de choses. Par exemple, le piment doux qu'ils ont employé est remplacé par du gingembre, chez les Mauriciens.

Elle fit deux allers-retours en cuisine afin de s'assurer que tout allait bien, et le dîner se déroula à merveille.

De toutes ses forces, Sam tentait de s'investir dans les conversations, de se raccrocher à son amour de la cuisine pour dominer la trahison de son corps. La boule de feu qui s'était formée dans son bas-ventre depuis qu'elle avait échangé ce baiser sulfureux avec Rafael refusait de fondre. Elle avait l'impression qu'à sa gauche se tenait un aimant qui l'attirait inexorablement vers lui.

Victoria était trop loin d'elle pour qu'elle lui prête attention, mais Rafael jetait de temps à autre un coup d'œil inquiet en direction de la divine blonde en rose. Lorsqu'elle se leva, Sam blêmit : sa coupe en main, la top-modèle chancelait. Son évidente ébriété ne l'empêcha pas de faire tinter son couteau sur le pied de son verre pour obtenir l'attention générale.

Le silence se fit, tous les yeux se tournèrent vers elle.

Clément Hewell eut un imperceptible froncement de sourcils mais, en homme bien élevé, il resta impassible.

— Je veux trinquer à la santé de nos tourtereaux ! s'exclama Victoria.

Soulagée, Sam sourit en regardant tous les verres se lever autour d'elle et de Rafael.

— Aux tourtereaux, répondit le chœur des invités.

— Qui aurait cru que le célibataire le plus convoité de Londres trouverait le grrrand amour si vite ? enchaîna-t-elle.

Un malaise traversa l'assemblée, comme une onde négative.

— J'espère seulement que c'est du sérieux ! Parce que cette fille-là, c'est vraiment une fille en or !

— Merci, Victoria, je crois que c'est assez, suggéra Clément d'un ton crispé.

Victoria devait cependant être assez sensible à son autorité, car elle se rassit. Loin de se taire, cependant, elle reprit :

— Je veux juste offrir mes félicitations à l'heureux couple. Dites-moi, pouvez-vous nous dire quand nous devrons commencer à chercher le chapeau idéal pour assister aux noces ?

Cette fois, Sam eut la sensation d'avoir reçu un seau d'eau glacée sur la tête. Pas question de permettre à de stupides rumeurs de sortir de cette île et de voyager jusqu'en Angleterre, par réseaux sociaux interposés !

Rafael, très tendu à côté d'elle, se leva et se tourna vers Clément.

— Nous sommes ici pour nous détendre, et le sommeil est parfois plus urgent que la dégustation d'un dessert. Si vous souhaitez reconduire votre compagne à votre chambre, mon cher ami, nous vous attendons pour la suite.

Clément emmena Victoria et revint une vingtaine de minutes plus tard.

Les discussions de fin de repas ronronnaient. Un serveur vint proposer à chacun les fameux macarons au citron de Samantha, glacés à la vodka.

Clément ferma les yeux en dégustant une bouchée de pâtisserie, et dit à Rafael :

— Victoria a raison, vous savez. Vous avez trouvé une « fille en or », mon garçon.

Chacun parut apprécier cette gourmandise légère et idéale pour conclure un dîner sous ce climat. Puis, quand le repas prit fin et que tout le monde partit, l'aîné des convives revint se poster devant eux.

— On reconnaît très vite le grand amour. Même si, dans votre cas, vous avez fait connaissance il y a longtemps. Ma Gail et moi, nous avons vécu le coup de foudre et, en quelques minutes, j'ai su que j'allais l'épouser.

Ne sachant que répondre, Sam se contentait de sourire, touchée par la force des sentiments que portait ce veuf à son épouse disparue.

— Alors personnellement, j'approuve l'empressement quand il relève de l'évidence. Et si la proposition a déjà eu lieu, moi aussi, je tiens à vous présenter mes plus sincères félicitations. Pour la compagnie que j'ai créée avec mon épouse, c'est tellement plus rassurant de franchir une étape historique sous l'égide d'un futur père de famille. Surtout si la fiancée est une ravissante cuisinière.

Ce fut à peine si Sam l'entendit leur souhaiter une bonne nuit, tant ses oreilles bourdonnaient.

Dès le départ de Clément, Rafael ferma la porte afin qu'ils restent seuls dans la salle à manger.

Il servit un verre à la jeune femme, puis vida le sien.

— Victoria a tenté de nous faire passer pour des menteurs, observa-t-il.

— Et de nous forcer la main, renchérit-elle. L'idée que les

gens s'imaginent que nous envisageons de nous marier… ça me met très mal à l'aise.

Irrité, il haussa les épaules.

— Pourquoi ? La parole d'une personne éméchée ne vaut rien. Son histoire de chapeaux de mariage a plongé mes partenaires dans la gêne, pas dans l'enthousiasme.

— Mais des mots ont été prononcés ! insista-t-elle. Des allusions qui vont faire leur chemin. Clément lui-même semble croire que nous avons déjà commandé nos alliances.

Il soupira.

— En effet, reconnut-il. L'attitude de Clément est problématique. Victoria réclame tellement d'attentions qu'il a dû trouver en elle un pis-aller, après la perte de son épouse. Mais il vient de nous confirmer qu'il reste un homme traditionnel, un « père de famille » jusque dans la gestion de ses affaires. Tu te rends compte ? Il sous-entend que c'est mon union avec une « ravissante cuisinière » qui pourrait le convaincre de me suivre dans mon projet.

— Tu exagères, Rafael. Il n'a pas dit cela.

Rafael secoua lentement la tête.

— C'est tout comme, insista-t-il. De tous les partenaires réunis cette semaine, il est le plus frileux. Et le plus important. Sans lui, la création du groupe n'a plus aucun sens. Or, il vient de m'envoyer un message très clair. Un célibataire impénitent chassé par les tabloïds n'aura jamais l'air de quelqu'un de sérieux pour un homme de sa génération. Nos fiançailles le rassurent.

— Qu'est-ce que tu es en train de me dire ? murmura-t-elle, visiblement effarée. Attention, Rafael. Tu t'égares sur une pente très savonneuse.

— Je dis que le deal est la seule priorité. Que nous sommes

en train de jouer l'avenir de centaines de familles, et que c'est indécent : il *faut* mettre ce groupe sur pied !

Il tentait de se montrer convaincant même si, il le savait, elle avait raison. Il était en train de tomber sur une pente savonneuse. Celle de ses propres émotions. Car il n'était pas normal *du tout* qu'il soit si réactif aux moindres de leurs contacts. Il suffisait qu'elle l'embrasse pour qu'il ne songe qu'à lui faire furieusement l'amour durant tout le repas.

Pourquoi cette femme-là lui faisait-elle tant d'effet ? Parce qu'elle venait de son passé ? Parce qu'elle refusait de se laisser impressionner par son argent ? Il n'en avait aucune idée. Mais plus il s'enjoignait de recouvrer son calme, plus elle s'infiltrait sous sa peau.

— Il faut aussi glisser discrètement à Clément que nous ne sommes pas « encore » fiancés, répondit-elle. Tu pourrais lui demander de garder le secret ? Prétendre, au besoin, que tu as prévu une soirée très spéciale pour me faire ta demande ?

— C'est une bonne idée, concéda-t-il.

Il allait l'inviter à sortir quand elle plongea son regard dans le sien pour s'enquérir :

— Qu'est-ce que tu leur trouves, Rafael ?

— Pardon ?

— À toutes ces top-modèles que tu fréquentes ? expliqua-t-elle. Pourquoi choisis-tu toujours des femmes très semblables les unes aux autres, des femmes venues du même petit microcosme glamour et artificiel ?

Il se laissait captiver par ses grands yeux verts, si calmes, si paisibles, quand elle ajouta :

— Je n'ai pas oublié qu'une fausse petite amie n'a pas à s'intéresser à la véritable intimité de son faux petit ami.

Elle sourit. Comment parvenait-elle à être aussi sereine ?

— C'est compliqué, confessa-t-il. Je ne voulais pas finir comme mon père.

Comme elle le dévisageait sans comprendre, il continua :

— Nous sommes arrivés dans le Yorkshire parce que mon père a fini par trouver un job de deux ans loin de Londres. Il fallait qu'il quitte la ville. Il était dans un sale état. Ma mère l'avait quitté pour un type qui gagnait beaucoup mieux sa vie que lui, et il a sombré dans l'alcool. C'est moi qui ai dû ramasser les morceaux. Je me suis juré de ne jamais permettre à *une* femme de me détruire ainsi. J'ai donc choisi la voie des liaisons brèves, qui se suivent et qui se ressemblent. Je respecte le travail des mannequins, leur abnégation. Et oui, c'est très gratifiant de sortir avec des femmes ravissantes qui sont, en général, obnubilées par leur carrière, et qui ne s'inquiètent pas encore de se caser.

Sam hocha la tête, une expression indéchiffrable sur le visage.

— Ton pauvre père, dit-elle. Il était si discret, si poli.

— Je l'aime beaucoup. Quand ma mère m'a abandonné, il m'a offert tout son amour. Mais sa faiblesse lui a coûté trop cher pour que je n'en tire pas la leçon.

— Pourquoi parler de « faiblesse » ? opposa-t-elle. Il était peut-être confiant. Ce n'est pas un crime. L'amour impose un saut dans l'inconnu, à un moment donné.

Quand une femme parlait d'amour, quand ce mot franchissait le seuil de sa bouche… Il fallait frapper un grand coup pour lui faire perdre l'envie de poursuivre !

— Cela prouve combien notre arrangement est parfait, déclara-t-il d'un ton ferme. Tout est prévu au contrat : pas de saut dans l'inconnu, les deux parties connaissent les bénéfices à tirer de la mission, la date de début et la date de fin.

Sans mot dire, Sam hocha lentement la tête. Puis, elle se dirigea vers la porte et annonça :

— Je vais faire un tour aux cuisines, pour évaluer les restes et donner congé à mes deux cordons-bleus.

— Comme tu voudras, répondit-il.

— Une dernière chose, Rafael : je suis d'accord avec toi. Notre arrangement est parfait *tel qu'il est*. Il est donc inutile de jouer la comédie quand il n'y a pas de public pour en bénéficier.

Durant les trois jours qui suivirent ce dîner, Samantha fit de la cuisine son refuge numéro un. Derrière casseroles et cocottes, concentrée sur l'élaboration de plats complexes avec ses deux excellents coéquipiers, elle parvenait parfois à ne plus penser aux termes de son contrat avec Rafael. Ces termes qu'il lui avait répétés avec brutalité, le soir où leurs fiançailles avaient été évoquées.

Hélas, dès qu'elle se retrouvait en sa présence, il fallait sourire, échanger des regards complices, sentir sa main sur sa taille – et ne manifester aucun malaise.

Il tenait parole et se transformait en colocataire accaparé par son smartphone dès qu'ils se retrouvaient dans leur suite.

Était-ce pire ? En tout cas, la froideur de son « petit ami » ne l'aidait guère à mieux dormir. Le matin, elle se réveillait dans des draps en désordre et se rappelait avoir rêvé de lui.

Seule victoire à marquer au tableau : Victoria se tenait

tranquille. Clément avait dû lui dire tout le bien qu'il pensait de son attitude le lendemain, quand elle avait dessoûlé.

Dans le miroir de la salle de bains, Sam contempla son reflet une dernière fois. Il était 18 h 30 et, par la fenêtre ouverte, elle entendait le concert familier des grenouilles et des insectes, dans les bosquets du jardin. Se joignait à leurs mélodies la rumeur de rires et de conversations autour de la piscine.

Tout le monde était prêt à aller passer la soirée en ville.

— Ce n'est pas raisonnable que je vous accompagne, plaida-t-elle encore auprès de Rafael. J'ai tellement de plats à prép…

— Non, coupa-t-il. Nous ne dînerons pas ici.

— Pour le déjeuner demain, insista-t-elle.

— Tu cherches des alibis, conclut-il avec agacement. Or il est inconcevable que tu ne viennes pas ce soir dans un club où tout le monde va boire, danser, s'amuser. Dépêche-toi de t'habiller, s'il te plaît. Je t'attends en bas.

Rafael baissa les yeux sur sa montre. Il y avait plus d'un quart d'heure qu'il avait laissé la jeune femme dans la suite. Tous les convives attendaient de partir dans les trois limousines commandées pour l'occasion.

Contrarié par le retard de Sam, il s'aperçut que Victoria le surveillait du coin de l'œil.

Heureusement, après le fameux dîner où son ex avait été punie de sa tentative de sabotage par un jubilatoire effet boomerang, Rafael avait discuté avec Clément. Dès le lendemain matin, il lui avait soufflé qu'il entretenait avec Sam une relation nouvelle. Timides l'un et l'autre, ils refusaient d'être brusqués et tenaient à faire évoluer leur histoire à leur rythme. Alors même si, évidemment, ils songeaient à se fiancer, ils n'étaient pas prêts à en parler en public.

« Bien sûr. Comme je vous comprends, avait répondu Clément. Quand on est amoureux, au début, on a besoin de rester dans sa bulle. Ne vous inquiétez pas, je veillerai à ce que votre intimité de couple soit respectée. »

Puis, il avait coincé Victoria dans un couloir. Sa menace avait été très claire :

« Encore un toast, encore un sarcasme de ta part à propos des "tourtereaux", et je veillerai personnellement à ce que Clément te chasse de sa vie. Tu n'aimerais pas qu'il connaisse tous les détails gênants de ton passé, n'est-ce pas ? »

Sans attendre la réponse, il avait laissé la sorcière blonde réfléchir seule.

Mais elle devait se demander pourquoi il tenait tant à maintenir dans l'angle mort son histoire avec Samantha. Et, telle qu'il la connaissait, elle n'avait pas dit son dernier mot. Jusqu'à son départ de l'île, elle chercherait un moyen de prendre sa revanche.

Rafael était tellement plongé dans ses idées noires que, lorsque Sam les rejoignit enfin, il se sentit pétrifié. Ainsi, la veille, en disparaissant une moitié de l'après-midi, elle n'était pas allée à la plage. Elle avait fait du shopping. Car il était difficile à croire qu'elle avait déjà porté une telle tenue en Angleterre !

Une jupe courte en voile de coton multicolore et transparente révélait le galbe de ses jolies jambes. Un boléro assorti couvrait ses épaules, et un petit top à sequins noirs moulait sa poitrine. Des spartiates argentées, à petits talons, donnaient à ce look hippie chic une dernière note espiègle.

Souriante, elle avait passé un gloss transparent sur ses lèvres, et souligné le vert magique de son regard d'un trait de khôl.

— Tu… Tu t'es habillée pour l'occasion, murmura-t-il, impressionné, en allant à sa rencontre.

D'un air coquet, elle brandit son sac miniature, assorti à ses sandales.

Elle avait l'air enchantée de le surprendre.

— Ça te plaît ?

— Beaucoup.

Non sans inquiétude, il sentit remonter en lui la sève d'un désir aussi encombrant qu'inexplicable. Bon sang, que diable devait-il faire pour parvenir à *avoir l'air* d'un homme amoureux sans être la proie de pulsions stupides ?

— Tout le monde est prêt ? Allons-y, proposa-t-il.

Pourquoi n'avait-il pas permis à Sam de rester ici ? La soirée allait être longue.

10

— Tu te sens bien ? demanda Sam pour la troisième fois depuis leur arrivée.

La plupart des associés s'étaient installés aux tables dans la partie la plus calme du dancing. De temps à autre, en couple ou en duo improvisé, ils allaient danser : sur la piste, à peu près toutes les danses étaient possibles.

Hormis leur groupe, il n'y avait pas plus d'une vingtaine de clients, ce soir, mais les dimensions modestes de l'établissement provoquaient vite un effet de foule sur le dancefloor.

Rafael restait accoudé au bar, un rhum-coco en main.

— Bien sûr que si. Je me remets encore de mon émotion. Quand tu es arrivée, tu m'as… coupé le souffle, admit-il.

— Je t'avais dit que je viendrais. Et je suis heureuse que ma tenue te plaise : ça va t'aider à te surpasser sur la piste.

— Hein ? coassa-t-il, inquiet.

— Nous devons prouver que « c'est du sérieux », rappela sa compagne. C'est exactement dans ce genre de contexte qu'on rafle la mise : une danse un peu audacieuse, un baiser… et hop. Le passeport de crédibilité est validé dans la foulée.

Estomaqué, Rafael plongea son regard dans celui de

Samantha. Samantha Payne. Où donc était passée la jeune fille de douze ou treize ans qui rougissait, cachée derrière sa frange ? Comment l'entrepreneuse qui avait claqué la porte de son bureau avec rage s'était-elle si vite métamorphosée en sirène au regard enjôleur et à la tenue affriolante ?

— Victoria nous attend au tournant, renchérit-elle.

Comme pour confirmer qu'elle menait le jeu, elle posa son index au coin de son arcade sourcilière et le fit descendre lentement sur les contours de son visage, s'arrêtant sur son menton.

La caresse, d'une infinie légèreté, le fit frémir.

— Samantha...

— Oui, Rafael ? répondit-elle, sans le quitter des yeux.

— Ce que tu es en train de faire, ce n'est pas tant gagner notre public... que jouer avec le feu.

Depuis qu'elle mesurait l'effet saisissant de sa tenue sur Rafael, Sam avait le cœur qui battait la chamade.

Lasse de se sentir recalée chaque fois qu'elle était en présence de Victoria et de ses robes de princesse, elle avait eu envie d'éprouver une sensation nouvelle : être sexy. Puisqu'une soirée en boîte figurait au programme, elle avait prié la vendeuse du grand magasin de la plage de lui faire essayer ce que portaient les jeunes femmes, dans l'archipel.

Le résultat dépassait toutes ses espérances ! En fait, elle n'aurait su dire quand elle s'était sentie aussi confiante et à l'aise.

— Qu'est-ce que tu entends par « jouer avec le feu » ? demanda-t-elle en lui décochant un regard faussement naïf.

— Tu le sais très bien.

La voix grave et veloutée de Rafael fit courir une myriade de frissons délicieux sur sa peau. Le désir montait en elle et pas question de le juguler, ce soir. Elle en voulait encore. Toute gêne avait disparu. Elle se sentait pleinement aux commandes de sa vie ; elle savait ce qu'elle voulait. Alors oui, elle pouvait même se payer le luxe de jouer avec le feu.

Savourant l'excitation qui courait dans ses veines, elle se mit à battre des cils, avant d'esquisser une moue de provocation.

— Tu veux que je t'embrasse ? gronda-t-il. Mesure ta réponse. Parce que si je le fais, ce ne sera pas pour nos spectateurs.

Un regard assuré suffit. Quand il se pencha pour happer ses lèvres, le monde cessa d'exister. Sam fondit contre lui, dans ses bras, enivrée par le goût d'alcool de sa bouche. La boule de feu au creux de son ventre menaçait d'exploser, ses seins étaient tellement durs qu'elle les sentait s'enfoncer contre le torse de Rafael.

— Viens, dit-il en l'entraînant vers la piste de danse.

Le DJ passait d'un hip-hop à un vieux slow, et de nombreux couples les imitèrent.

Ondulant tout contre son compagnon, Samantha sentit ses mains brûlantes se poser sur ses hanches. Durant quelques secondes, ils se laissèrent sagement gagner par le rythme de la musique. Samantha avait enroulé ses bras autour de son cou et, lorsque leurs regards se rencontrèrent, elle approcha son visage du sien. Son invitation muette déclencha une réaction immédiate et, à nouveau, ils s'embrassèrent à pleine bouche, fougueusement, comme possédés l'un et l'autre par une fièvre exacerbée.

Des exclamations de joie, des « oh ! » et des « bravos ! » fusèrent. La réussite de leur plan était totale. Mais cela n'avait plus aucune importance pour elle en cet instant : ses oreilles bourdonnaient, elle entendait à peine la rumeur de toutes ces voix. Seule la passion de ce baiser comptait.

Rafael...

Elle ne voulait pas que ça s'arrête. Pas maintenant.

— On rentre à la maison ? suggéra-t-elle.

— Est-ce que tu dis ce que je crois que tu dis ? répliqua-t-il très bas.

— Ça dépend de ce que tu crois que je dis.

— Sam...

Elle leva les yeux au plafond et soupira.

— Bon, si tu tiens à ce que je le dise, voilà. Il s'agit juste d'une nuit entre adultes consentants. Ici, maintenant... rien de plus. Oui, j'ai envie de coucher avec toi.

— Moi aussi, dit-il avant de l'embrasser encore.

À l'arrière de la limousine qui les ramenait à la villa, Samantha était coincée entre deux couples, et son cœur battait tellement fort qu'elle avait l'impression de l'entendre résonner dans l'habitacle. Entre ses cuisses fusaient des ondes de plus en plus incontrôlables.

Elle avait follement envie de lui.

C'était de la folie.

Cet homme n'était absolument pas fait pour elle. Ils venaient de planètes incompatibles, d'univers qui ne se rencontreraient jamais. Et pourtant, ils avaient quelque chose en commun : le besoin d'explorer cette attirance mutuelle et la certitude qu'elle serait sans lendemain.

Sam renversa la tête en arrière et regarda les étoiles par le toit ouvert. Sans pollution lumineuse, le ciel se laissait transpercer par d'innombrables constellations.

Même à cette heure tardive, l'air était tiède. Le parfum des bosquets de fleurs et des feuilles de cocotiers agissait comme un aphrodisiaque.

Une fois qu'elle serait de retour à Londres, sa nouvelle vie commencerait. Une nouvelle vie sans problème d'argent. Comment se faisait-il qu'au lieu d'être obsédée par cette perspective, elle ne pense qu'à *lui* ?

Dès qu'ils descendirent de voiture, elle sentit la main de Rafael agripper la sienne.

Non sans impatience, ils se précipitèrent tous deux à l'étage. Dès que Rafael eut fermé la porte de la suite derrière lui, il interrogea :

— Tu es sûre de toi ? *Vraiment* sûre ?

— Moi oui ! Mais toi... Je ne voudrais pas que tu m'accuses demain d'avoir profité de ta consommation de rhum-coco, blagua-t-elle.

— Je tâcherai de contenir mes regrets, railla-t-il avant de l'attirer par la taille et de l'embrasser avec voracité.

Dans son élan, il fit tomber son boléro sur le sol. Sous son petit top à sequins, Sam ne portait pas de soutien-gorge, et ses seins se gonflaient de sève. Comme elle s'accrochait désespérément à son cou, ivre de désir, il la plaqua contre le mur. Avec ferveur, elle enroulait sa langue autour de la sienne, plantait ses ongles dans sa nuque pour l'inviter à approfondir son baiser. Alors que son corps se liquéfiait, au moment où elle sentit la force de son érection tout contre son ventre, elle eut l'impression de recevoir une décharge électrique. Elle ne se rappelait pas avoir désiré un homme autant qu'elle désirait Rafael.

Ils échangèrent un regard embué et, sans un mot, il la souleva et la porta jusqu'à la chambre. Après l'avoir déposée sur le matelas, il resta debout et défit son nœud de cravate.

Samantha sourit, se cala confortablement sur un avant-bras et lui adressa un clin d'œil explicite : elle ne demandait qu'à profiter de son strip-tease.

Il lui rendit son sourire et s'approcha du rai de lumière. Seule la lune, immense dans le ciel caribéen, éclairait la pièce.

La gorge sèche et le cœur battant sur un rythme frénétique, Samantha regarda Rafael se dévêtir en songeant à l'adolescente qu'elle avait été. Son attente avait été longue, mais elle ne serait pas déçue. La beauté sculpturale de cet homme semblait presque surnaturelle : il était bâti comme un dieu, avec ses épaules rondes, ses pectoraux parfaitement dessinés, sa peau lisse et mordorée. Une fine toison brune courait sur son ventre, pour disparaître dans son pantalon.

Dès qu'il retira le bas, elle retint son souffle. Il avait des jambes puissantes, très musclées, et comme le boxer tombait à terre... Elle eut confirmation du désir qu'elle lui inspirait.

— Alors ? Ce que tu vois te plaît ? s'enquit-il avec un sourire de défi au coin des lèvres.

— Oui. Beaucoup, chuchota-t-elle d'une voix étranglée. Si seulement j'avais une caméra...

— Quelle idée canaille, répondit-il en arrimant son regard au sien et en venant la rejoindre sur le lit.

Elle était encore saisie par sa perfection d'apollon quand il couvrit sa bouche d'un baiser langoureux. Un baiser alangui, d'une volupté enivrante, à la limite de la torture.

Car le volcan qui s'était allumé en elle répandait désormais une lave pure dans ses veines : elle avait follement envie de lui. Refusant de se soumettre à son impatience, il déposa une traînée de baisers incandescents le long de son cou.

Samantha se sentait fondre quand, d'un geste à la fois doux et autoritaire, il la débarrassa de son top. Le regard fasciné qu'il posa sur ses petits seins dardés décupla son propre désir. Et dès qu'il se mit à effleurer d'un doigt ses aréoles, à en faire le tour appréciateur, elle sentit une bombe de sensations exploser en elle. Le plaisir d'une simple caresse était mille fois plus intense que prévu.

Cambrée sur le lit, elle l'embrassa follement, avant qu'il ne quitte sa bouche pour arracher sa jupe et descendre entre ses cuisses.

Ses cuisses en feu. Il ne prit même pas la peine de lui ôter son string : il écarta le tissu et posa sa bouche sur son sexe, lui arrachant un gémissement.

Ses lèvres étaient si douces, sa langue si ensorcelante qu'elle sentit un tsunami de plaisir la submerger dès qu'il se mit à lécher son clitoris. Ivre d'extase, elle gémit longtemps sous la délicatesse de son exploration. Elle sentait qu'il savourait ce moment, lui aussi, qu'il buvait le nectar de sa vulve avec ravissement.

Le premier orgasme fut tellement puissant qu'elle agrippa les oreillers de toutes ses forces en se laissant pulvériser par son plaisir.

— Viens, gémit-elle aussitôt.

— Tu en es certaine ? Tu n'auras pas de regrets demain ?

Samantha n'aurait jamais cru être capable de coucher avec un homme sans avoir la certitude qu'ils feraient un petit bout de chemin ensemble. Pourtant, jamais elle ne s'était sentie plus sûre d'elle. C'était *sa* décision, *son* choix.

— Oui ! affirma-t-elle en l'attirant vers elle d'un geste impérieux.

Sidérée, elle sentit les lèvres de son amant se presser contre les siennes avec une infinie tendresse, tandis qu'il l'invitait à se plaquer contre lui. Brûlante de désir, elle redouta un instant de ne pas savoir comment s'y prendre, mais dès qu'il l'appuya contre la tête du lit, agrippant ses fesses pour l'attirer plus près encore, elle comprit et, sans une hésitation, ceignit les reins de son amant de ses cuisses.

Quelque chose résistait en elle. Il ne pouvait la pénétrer. Pourtant, elle le voulait.

— Viens, geignit-elle.

Rafael bascula au-dessus d'elle, lui sourit et la pénétra d'un généreux coup de reins. Samantha ferma les yeux de bonheur. C'était si bon de le sentir en elle ! Elle enroula ses jambes autour de lui pour l'inviter à s'enfoncer encore et toujours plus profondément.

L'excitation, le plaisir et l'envie d'en avoir plus faisaient pulser ses artères comme de la nitroglycérine. Sam ouvrit les yeux pour admirer le visage de Rafael et fut surprise de rencontrer son regard, noir et mat comme l'ébène, grave, concentré. Il imprimait un lent va-et-vient à leur étreinte et, à l'unisson, ils se mirent à onduler sur un rythme tribal. Ensemble, ils inventaient une sorte de danse mystérieuse. Sa bouche était arrimée aux baisers affamés de Rafael. Renversant la tête en arrière, elle se concentra sur les sensations de chaque atome de son corps.

Rien de ce qu'elle avait connu jusqu'alors ne ressemblait à ces vibrations de plaisir, cette cavalcade sous les assauts d'un orage divin. Elle attendait l'ultime déchirement du ciel avec une exquise impatience. C'était... magique.

En sueur, elle s'accrocha à son cou et lâcha un cri à son deuxième orgasme. Rafael l'accompagna dans cette extrême volupté, promesse d'une nuit entièrement blanche.

11

À la dérobée, Rafael jeta un coup d'œil en direction de Sam. Elle était en train de déballer le pique-nique qu'il avait préparé pour eux.

C'était grisant de tourner le dos au réel, de s'échouer volontairement dans un petit coin de paradis suspendu au-dessus du monde et de ses exigences.

La veille, tous ses invités étaient partis. L'ultime réunion s'était conclue sur un accord à l'unanimité et chacun avait signé le contrat. Le départ avait été célébré au champagne dans l'enthousiasme général.

Lors de cette réjouissance finale, Rafael avait observé Victoria, qui boudait en ravalant sa frustration. Clément ne la supporterait pas très longtemps, avait-il songé.

Depuis leur première nuit torride, Samantha et lui avaient jeté le règlement à la poubelle : ils s'embrassaient où et quand ils le voulaient – le rideau était tombé sur la petite comédie.

Et maintenant ?

Pas une seule fois elle n'avait fait allusion à une possible poursuite de leur liaison lorsqu'ils seraient de retour en Angleterre. C'était la première fois de sa vie qu'il se trouvait face à une femme aussi peu empressée de quitter le cadre flou d'une simple *aventure*. Et puis, elle se montrait tellement nature, tellement spontanée ! Sans retenue, elle lui disait ce dont elle avait envie, sexuellement. Elle se montrait goulue, audacieuse et en même temps… il sentait bien qu'elle protégeait jalousement les secrets de son âme.

La veille, Clément Hewell lui avait fait une suggestion qui n'avait pas quitté son esprit :

« Vous avez fourni un excellent travail, Rafael. Et Samantha nous a tous gâtés, elle aussi, en donnant le meilleur d'elle-même en cuisine. Vous avez bien mérité vos vacances en amoureux. Suivez mon conseil, mon garçon, et restez une petite quinzaine ici, à profiter de votre bonheur. Le monde parviendra à se passer de vous en attendant. »

Rafael avait ri, gagné par l'excitation d'une telle perspective, mais Sam était restée de marbre.

— Eh bien ? Est-ce que mon humble pique-nique obtient la validation de ta haute compétence ?

Allongé sur le drap de la plage, il lui sourit et s'étira.

Il avait choisi l'emplacement idéal : une crique minuscule à quinze minutes de bateau de la villa. Le lieu était sauvage, loin de tout : ils étaient seuls au monde sur le sable fin, face à une eau turquoise, le hors-bord amarré derrière un rocher.

Visiblement impressionnée par la perfection de la carte postale, la jeune femme admirait la splendeur du lieu en déballant le panier.

bikini rouge sous simple robe bain de soleil orangée, sans maquillage, pieds nus : elle était d'une beauté renversante.

— Je valide, confirma-t-elle en sortant la bouteille

de champagne de son fourreau-glacière. Même si je me demande si on peut conduire un hors-bord en état d'ivresse.

Elle ôta sa robe et la rangea dans son sac de plage.

Sa poitrine moulée dans le soutien-gorge rouge cerise le rendait déjà fou. En quelques jours, il avait contracté une effroyable dépendance à ses merveilleux petits seins, à leur forme parfaite pour épouser la paume de sa main, à leur peau blanche et sucrée...

— Un verre me suffira, répondit-il en la voyant remettre au frais les petits canapés au concombre et les mangues. Arrête de fourrager dans ces sacs et viens plutôt ici. Je veux te mettre de l'écran total.

— Quelle charmante attention, railla-t-elle. Je suis touchée.

— Mais oui. Je suis un homme attentionné !

Elle rit et s'assit à côté de lui sur son drap de bain.

Les mains en visière sur le front, elle admira les scintillements du soleil sur l'eau transparente.

— Pourquoi ne viens-tu pas plus souvent ici ? C'est tellement beau. À ta place, je ne pourrais pas résister.

— Le temps, c'est de l'argent, dit-il.

— Et la contemplation, c'est le baume de l'âme, rétorqua-t-elle. Surtout dans un lieu paradisiaque comme celui-ci.

Il s'esclaffa.

— Tiens donc ! Dire que tu étais si réticente à venir à « l'autre bout du monde »... Serais-tu prête à effectuer tes six mois probatoires ici, finalement ?

— Peut-être ! s'exclama-t-elle en riant.

Rafael plaisantait. La réponse de sa compagne le fit bondir. Il se redressa, tandis qu'elle s'allongeait sur le ventre.

— « Peut-être » ? répéta-t-il. Tu es sérieuse ?

— Mais oui, pourquoi pas ? lâcha-t-elle tranquillement. Avant de venir ici, je n'avais aucune idée de ce qui m'attendait. Mais les gens sont adorables, je suis fanatique du marché local, impossible de se lasser de la splendeur des paysages, de la lumière… Et puis, ce n'est pas comme si j'allais revenir de sitôt.

Sagement allongée, Samantha fermait les yeux, sachant pertinemment que Rafael la considérait d'un œil inquiet.

Elle n'était pas stupide. Comme elle, il était tenté par une prolongation.

Mais attention : une simple prolongation. Le contrat restait à durée déterminée. Jamais il ne voudrait pousser l'aventure au-delà de son cadre exotique. Quant à elle, elle préférait mourir plutôt que de lui laisser deviner son intime angoisse de la fin de leur liaison. La seule idée de mettre fin à cette idylle la rendait malade.

Parce qu'elle était sexuellement épanouie, se répétait-elle chaque soir avant de s'endormir, et chaque matin au réveil. *Rien d'autre.* Elle n'avait PAS de sentiments pour lui !

— Tu as ta vie en Angleterre, rappela-t-il. Des projets qui t'attendent. Ta famille.

— Je sais. Mais tu as su me convaincre : un petit détour peut se révéler profitable.

— Explique-moi cela, répondit-il.

Il y avait plusieurs jours que Samantha se sentait assez en confiance pour parler librement. Elle se redressa sur la serviette et lui lança un coup d'œil sévère.

— Si tu veux, dit-elle. Quand je t'ai revu après treize

ans, tu correspondais en tout point au type d'hommes que je déteste.

— Tu n'y vas pas par quatre chemins, maugréa-t-il.

— Hé ! Tu oublies que tu venais de me faire une queue-de-poisson, avec ton rachat global de l'hôtel !

Rafael serra ostensiblement la mâchoire.

— Oh non, je ne l'oublie pas. Parmi mes chefs d'inculpation, il y a aussi l'école buissonnière de ton frère et la facture afférente.

— Au fait, dit-elle en se tournant vers lui, j'ai réfléchi à ce sujet. Il faut que tu saches que Colin est heureux. Il est fiancé à une ravissante kiné avec qui il sort depuis trois ans. Il adore son métier de chef de service d'infirmerie. Et à la réflexion, je ne pense pas que son épisode de rébellion ait été mauvais pour lui. Il n'a pas suivi le chemin initial, mais celui qu'il a pris lui convient. Tu as sans doute raison : à dix-sept ans, il a eu besoin de se délivrer de son rôle de premier de la classe, trop lisse, trop parfait. C'est probablement son redoublement qui lui a permis de retrouver l'équilibre.

Son compagnon marqua une seconde de silence.

— Merci, dit-il enfin. Ton aveu me soulage.

— De rien, murmura-t-elle en se rallongeant sur le ventre. Je suis une personne honnête qui revient honnêtement sur ses erreurs, et toi un homme attentionné qui a promis de m'enduire de crème.

Il rit, et elle sentit un délicieux frisson la parcourir dès qu'elle sentit ses mains chaudes et fermes se poser sur ses épaules.

Il avait des gestes aussi précis que langoureux. Durant un

long moment, elle s'abandonna au bien-être du massage. Dos, reins, cuisses... C'était délicieux.

— Tourne-toi, maintenant, ordonna-t-il d'un ton rauque.

Docile, elle s'exécuta. Un éclair l'électrisa dès que leurs regards se rencontrèrent. Retenant son souffle, elle contempla sa bouche ourlée, épaisse – aussi attirante que la chair d'une mangue. N'y tenant plus, elle se précipita contre lui pour l'embrasser avec voracité. Dès qu'elle sentit ses doigts se glisser sous les bretelles de son soutien-gorge, elle lâcha un gémissement.

Leurs corps-à-corps s'enfiévraient chaque jour davantage. Plus ils faisaient l'amour, plus elle se sentait insatiable.

Déjà chavirée de plaisir, elle le laissa la dévêtir, et sentit sa bouche happer la pointe de ses seins. Du bout de la langue, il traçait des sillons ardents sur ses tétons durs et aspirait leur suc, encore et encore, dans une infernale torture.

Les yeux fermés, la tête renversée en arrière, elle chercha à atteindre sa verge dressée. Elle adorait la caresser très, très lentement, et entendre les sons étouffés, gutturaux, qu'elle arrachait ainsi à son amant.

Leur étreinte fut intense et, après avoir connu les cimes du plaisir, Sam resta immobile, allongée contre Rafael, à fixer le ciel, savourant le contact de sa main dans la sienne.

C'était le paradis.

Pas seulement grâce aux beautés de l'île. Ni parce qu'elle était physiquement comblée.

Son cœur battait très fort. Elle aimait la façon dont cet homme la faisait rire. Les jeux d'escrime dans leurs dialogues. D'un seul regard, il pouvait provoquer en elle un séisme et la faire fondre de bonheur.

Le bonheur.

Non. Elle refusait de croire à cette forme d'amour – c'était cet amour qui avait entraîné sa mère à commettre la pire erreur de sa vie, et à en payer le prix durant des années.

— Un plongeon ? proposa-t-il.

— Bonne idée.

Elle savoura quelques brasses coulées, puis se laissa volontiers attirer dans les bras de son compagnon.

Nu, les cheveux ruisselants, le regard brillant, il était irrésistible. Comme s'il devinait ses pensées, il la taquina.

— Qui aurait cru que tant d'années après, tu accepterais de faire partie de mon fan-club ?

— Quelle arrogance, pour un type qui acceptait toutes les candidatures ! Je suis bien contente de ne pas t'avoir offert la mienne sur un plateau !

Il haussa les sourcils.

— Tu veux dire que si la liste d'attente n'avait pas été si longue, tu aurais peut-être frappé à la porte ?

— Bien sûr que non ! mentit-elle.

Il éclata de rire.

— Merci de ménager mon ego !

Elle prit un air faussement peiné.

— Oh ! pauvre de toi... Tu sembles oublier que tu as un ego en acier blindé !

— Mais toi aussi ! Il m'est rarement arrivé de rencontrer quelqu'un, homme ou femme, d'aussi solide, d'aussi structuré que toi, Samantha. Tu sais *exactement* ce que tu veux.

Ce n'était pas ainsi qu'elle se voyait elle-même, mais après tout, mieux valait qu'il se soit forgé cette image, pensa-t-elle, flattée.

— En tant que femme, oui, répondit-elle. J'ai beaucoup appris à partir de ce que ma mère a vécu.

— Ah ? Raconte-moi.

Elle hésita.

— Eh bien… À la mort de mon père, elle s'est totalement effondrée. Elle a fait une dépression si grave qu'elle n'a pas trouvé d'autre planche de salut que dans un autre homme. Or elle est tombée sur un très sale type.

Le regard grave, il la fixa avec intensité et murmura :

— Ce fameux beau-père.

Elle acquiesça d'un hochement de tête avant de poursuivre :

— Heureusement, elle a fini par se ressaisir. Et elle a opéré une véritable révolution : en divorçant de cet homme, elle a trouvé la voie de l'équilibre. Elle a repris ses études, s'est réconciliée avec le célibat et nous a protégés comme une mère louve, Colin et moi.

Comme il paraissait impressionné par ce récit, elle ajouta :

— J'en ai déduit que ma mère avait trouvé l'amour avec un homme, mon père. Et que, plus tard, elle a su être heureuse sans lui, dans l'accomplissement de ses talents. En fait, il n'y a rien de pire que de s'oublier soi-même et de donner le contrôle de sa vie à quelqu'un d'autre. Alors… J'ai été plutôt prudente avec les hommes, jusqu'ici.

Gênée, elle s'éclaircit la gorge et avoua :

— Je me suis donné du mal pour ne commettre aucune erreur.

Et s'interdire de dire de suivre ses élans. Avoir tendance à se recroqueviller dans sa coquille, pensa-t-elle.

— Non, je ne crois pas, dit-il. Si tu as eu des petits amis et que tu n'es pas mariée, cela signifie que tu as pris des risques.

Il fronça les sourcils et ajouta, une note d'angoisse dans la voix :

— Tu as eu des petits amis, n'est-ce pas ?

— Oui. Mais un seul vraiment sérieux.

Cette fois, Rafael la dévisagea d'un air moqueur.

— Parce que tu veux qu'ils « cochent les cases », annonça-t-il. Attends, ne dis rien, laisse-moi deviner. Ton prince charmant devra être sorti major de sa promo à la fac ? Tu l'imagines travailleur, toujours prêt à te tenir la main en public ? Il faut qu'il soit gentil ? fiable ? *attentionné* ? Ah ah ! Je coche une case !

Un air triomphant apparut sur ses traits. Elle avait envie de le gifler tant son énumération était proche de la vérité.

— C'est absurde ! protesta-t-elle. Tu ne coches *aucune* case ! Tu m'as juste évité de commettre une erreur en investissant dans un lieu qui dépendait de la maintenance d'un autre.

— Ravi de t'avoir été utile, ironisa-t-il.

— Et je ne suis pas l'espèce de petite chose prudente et frileuse que tu décris ! Je sais prendre des risques, moi ! s'énerva-t-elle.

Quand Rafael, hilare, se mit à l'éclabousser, Samantha se défendit en riant.

Ils étaient trop près du rivage pour qu'elle fasse semblant de ne pas entendre la sonnerie de son téléphone. Le correspondant, insistant, tentait de la joindre pour la troisième fois.

— Excuse-moi, dit-elle en sortant de l'eau.

Son sac était posé sur le sable, et elle vit s'afficher le nom de sa mère sur l'écran. Non sans nervosité, elle courut avec l'appareil sous un cocotier, afin d'être à l'ombre et à distance de Rafael.

D'ordinaire, sa mère communiquait avec elle par textos. Elle ne téléphonait qu'en cas d'urgence.

— Allô ?

— Ah, Sam. Tout de même. Je ne suis pas fâchée de réussir enfin à t'avoir.

Le ton de sa mère était glacial. Samantha passa une main dans ses cheveux trempés, et comprit que la conversation n'allait guère être agréable.

Rafael sortit de l'eau et rejoignit Samantha à l'instant où elle raccrochait.

Elle était si expressive qu'il comprit qu'elle venait de recevoir une mauvaise nouvelle.

— Que se passe-t-il ?

La jeune femme se leva et l'accompagna vers leurs serviettes.

— Je viens de parler à ma mère.

Rafael ajusta le parasol et tendit un petit canapé au concombre à Sam.

— Tiens, avale ça. Je vais te donner un verre de champagne, ça va te faire du bien.

Lorsqu'il lui tendit le verre, elle tremblait.

— C'est grave ? insista-t-il, effrayé par sa pâleur. De quoi s'agit-il ? Colin va bien ? C'est ta maman ?

Elle ferma les yeux, prit une longue inspiration et le regarda, livide.

— Ma mère sait, déclara-t-elle.

— Elle sait quoi ?

— Elle sait ce que nous avons fait. Toi et moi. Victoria l'a appelée. Et elle vient de me dire que je n'aurais jamais dû me fiancer avec toi, étant donné le mal que tu avais causé à mon frère...

— Quoi ? tonna-t-il en se redressant, furieux. Nom de Dieu ! Comment diable Victoria a-t-elle fait pour trouver ta mère ?

Sam haussa les épaules.

— À partir de mon blog de cuisine, je suppose. Je fais souvent référence à ma mère. Pas besoin d'être détective pour remonter jusqu'à elle, si on sait qu'elle vit dans le Yorkshire.

Rafael éprouvait un mélange de fureur et de consternation. Cette satanée sorcière avait fini par les atteindre !

— Insensé. J'ai cru neutraliser cette grenade en affichant une relation au grand jour. Si je lui avais caché ton nom, elle n'aurait pas pu...

— Si, opposa-t-elle d'un ton défait. Elle m'aurait retrouvée sur Internet à partir d'une photo.

Elle observa un bref silence avant d'enchaîner :

— Elle a brossé ton portrait à ma mère, en lui égrenant la liste de tes aventures avec des créatures de la jet-set. Elle a insisté sur le fait que pas une n'a débouché sur une histoire sérieuse. Naturellement, à cause de ce qu'elle a connu, ma mère est hyper-protectrice vis-à-vis de moi. Depuis que je suis ado, je dois lui jurer de faire passer mon avenir avant les garçons, ma carrière avant le mariage, mon épanouissement avant l'amour... Alors quand elle a appris que je m'étais fiancée en trois secondes à un célibataire qui collectionne les maîtresses, elle s'est effondrée.

— Oh non... Qu'est-ce que tu lui as dit ?

— La seule chose que je pouvais dire. Que je suis parfaitement capable de m'occuper de moi-même et qu'elle doit cesser de s'inquiéter.

Toujours aussi calme, du moins en apparence, elle avala une longue gorgée de champagne, et Rafael l'observa avec attention. Que se passait-il, en ce moment, dans sa tête ?

Son sang-froid le sidérait, car il se sentait branché sur cent mille volts, à brasser des informations et des sensations dans le désordre.

— Il faut lui donner le temps de digérer toutes ces couleuvres, dit-il.

— C'est-à-dire ? demanda-t-elle.

— Restons quinze jours, comme le suggérait Clément. Le temps que... tu t'aperçoives que je ne suis pas du tout le genre de type *attentionné* avec qui tu désires faire ta vie. Le temps que tu rompes les fiançailles.

12

Samantha voulait rentrer en Angleterre sur-le-champ. Elle se représentait très bien l'état de sa mère, sidérée par le virage irrationnel de sa fille, et certaine qu'elle venait de vendre son âme à Lucifer en personne.

— Ainsi, d'ici là, elle sera apaisée, insista Rafael.

— Tu ne connais pas ma mère. Elle a sombré dans une culpabilité abyssale, après son divorce. Elle prenait la mesure de ce qu'elle nous avait infligé en faisant entrer ce monstre chez nous. Et elle s'est donné pour mission de nous préserver de toute émotion violente.

— Ah, je comprends… C'est à cause de cela que tu as prévu cette liste de qualités ennuyeuses pour ton futur mari ?

— « Gentil, fiable et attentionné » ne sont pas des qualités ennuyeuses ! protesta-t-elle.

Il continuait d'afficher son petit sourire en coin. Arrogant et moqueur !

— Si tu le dis.

— Peu importe. Que je reste ici une semaine, un mois ou un an, ma mère se rendra malade d'inquiétude en attendant de recevoir une mauvaise nouvelle de ma part. Je crois que nous devrions rentrer tout de suite en Angleterre et lui dire ensemble que ces fiançailles n'ont jamais eu lieu.

— Si tu veux. Mais Sam, soyons honnêtes l'un envers l'autre.

Relevant la tête, elle s'aperçut qu'il la couvait d'un regard grave.

— Oui, reprit-il, les fiançailles sont imaginaires. En revanche, ce qu'il y a entre nous... C'est réel.

Il hésita avant de préciser :

— La passion. Une attirance qui croît. Ne me dis pas que ce n'est pas vrai.

— Oui, mais...

— Et si nous allons la voir, enchaîna-t-il, si nous lui expliquons pour quelle raison nous avons joué une comédie, si tu lui avoues que je t'ai recrutée afin que tu interprètes un rôle... Tu crois qu'elle ne verra pas que tu t'es quand même laissé séduire par l'abominable manipulateur ?

Sam réfléchit.

— Non, je ne pense pas. Je lui ai dit que tu ne ressembles en rien à la description haineuse de Victoria.

Mais il n'avait pas tort. Rien qu'en voyant circuler le courant entre elle et lui, sa mère serait déçue, persuadée que sa fille était en train de gâcher sa vie avec un séducteur qui ne la méritait pas.

Et elle verrait tout de suite que... Samantha sentit son estomac se nouer en réalisant qu'elle était *tombée amoureuse* d'un homme qui n'éprouvait pas les mêmes sentiments pour elle. L'amour. C'était ce dont son cœur s'était empli. Lui, il parlait de « passion », d'« attirance ».

Elle s'était juré de ne jamais tomber dans ce piège.

Un malaise pénible monta en elle.

— Ah ? s'enquit-il avec curiosité. Qu'est-ce que tu lui as dit ?

— Que Victoria était une grenade dégoupillée, qu'elle raconterait n'importe quoi juste pour te faire payer une rupture qu'elle n'a pas digérée. Que c'est une femme blessée, ce genre de choses.

— Bien.

— Mais ton idée n'est pas mauvaise, ajouta-t-elle en épiant sa réaction.

— Les quinze jours ?

Il avait l'air heureux qu'elle se range à son avis. Et en le regardant, elle ne put réprimer un sourire. Elle aimait son visage. Le pli qui se formait au coin de sa bouche quand il riait. Elle aimait sa voix, si grave et sensuelle, si masculine, si singulière.

Elle aimait Rafael Moreno tout entier. Tel qu'il était : irritant et beau, arrogant et drôle, généreux et passionné…

— Tu penses que ta mère peut finir par voir les choses sous un autre angle, alors ?

— Probablement pas, mais cela me permettrait de lui annoncer que j'ai choisi de mettre un terme à une histoire sans avenir, et que nous nous sommes quittés bons amis.

— C'est une stratégie gagnante pour tout le monde, renchérit-il. Parce que ça nous permettra d'épuiser ça.

— *Ça* quoi ? demanda-t-elle en arrondissant les yeux.

— Eh bien cette espèce de passion qui nous emporte depuis quelques jours ! En principe, ce genre d'attirance passe aussi vite qu'elle est venue. La date de péremption va apparaître en rouge au bout de deux semaines et nous pourrons partir sans regrets.

Ignorant la douleur causée par ces mots insensibles,

Samantha hocha la tête. Elle voulait y croire. Il *fallait* y croire. Quinze jours ne suffiraient peut-être pas à tuer ses sentiments pour lui, mais elle saurait au moins les étouffer.

Rafael passa par la baie vitrée qui menait aux jardins, à l'arrière de la villa.

À sa droite, la piscine était éclairée grâce aux guirlandes de spots astucieusement installés dans les palmiers. Le bleu de sa surface était plus foncé que celui de la mer, au-delà de la cour d'accueil.

La « petite véranda » était l'une de ses pièces favorites. Hommage à l'opulence tropicale, elle disposait d'un mobilier en rotin et en cannage et de plus de trente pots d'arbustes et de fleurs grimpantes.

Quant aux jardins, derrière le petit verger, ils s'étendaient jusqu'à la forêt depuis laquelle venaient lucioles et chauves-souris.

Samantha était dans la cuisine et Rafael dégustait un verre de vin en se demandant quelle surprise elle lui réservait pour dîner.

Prolonger leur séjour d'une quinzaine était une bonne idée. Le temps filait à la vitesse de la lumière. La panique qui avait saisi Sam lorsque sa mère l'avait appelée, douze jours plus tôt, avait fondu petit à petit, chaque coup de fil vers l'Angleterre produisant un effet sédatif sur les nerfs de Mme Payne.

En revanche...

Il réprima un soupir. Où était la lassitude ? Où était l'ennui ? Pourquoi n'éprouvait-il pas le familier besoin de nouveauté après quelques nuits avec la même femme ? Quand donc son attirance pour Sam s'userait-elle ?

Certes, il lui était arrivé de vivre des relations longues de plusieurs mois par le passé. Mais *jamais* en étant vingt-quatre heures sur vingt-quatre en présence de sa compagne ! Quand il y avait quelqu'un dans sa vie, ils se fréquentaient au rythme de deux – maximum trois – soirs par semaine.

Le partage de son intimité était une nouveauté. Non seulement Samantha et lui prenaient tous leurs repas ensemble, mais ils s'endormaient ensemble, se réveillaient l'un près de l'autre.

Les cinq premiers jours, elle semblait très heureuse de passer une partie de ses journées à cuisiner pendant qu'il dirigeait ses équipes à distance, depuis la salle de réunion.

Et lui… il ressentait toujours la même excitation à l'idée de la retrouver, en quittant son ordinateur.

Depuis une semaine, ils ne se quittaient quasiment plus : chaque matin, ils se rendaient ensemble sur le site de l'hôtel. Samantha s'était tellement réjouie de préparer le menu du restaurant qu'il lui suggéra de commencer ; entre les réunions avec les fournisseurs et les essais derrière les fourneaux, elle travaillait autant que lui. Ainsi, le soir, ils rentraient ensemble.

Leur vie érotique devenait de plus en plus exaltante : chaque étreinte offrait une découverte. Ils aimaient s'éclipser pour aller faire l'amour dans une des chambres inachevées de l'hôtel et s'amusaient beaucoup à la perspective de visiter les quarante suites l'une après l'autre.

Ils avaient fait une longue randonnée, un dimanche ; ils avaient ressenti la fatigue au même moment, après vingt kilomètres. Et ils avaient eu la même envie : manger des pâtes.

Lors de grande virée en yacht autour des îles, ils avaient fait des courses à la nage, et passé un temps inouï sous l'eau, en plongée. Loin d'être effrayée par ces expéditions, Samantha s'était mise à partager sa passion pour la protection des coraux et de la flore sous-marine. D'ailleurs, un après-midi où le vent soufflait, ils avaient consacré deux heures à se lire à haute voix, l'un après l'autre, un livre consacré aux espèces animalières rares dans les Caraïbes.

Qui voyait-il, à part Samantha ?

Les sous-chefs étaient partis en même temps que ses associés, seule une gouvernante venait chaque jour assurer l'entretien des différents bâtiments.

Bon sang. Ils étaient donc en tête à tête depuis si longtemps, déjà ? Et cela ne lui pesait nullement ?

Il fit demi-tour et gagna la petite véranda où elle avait proposé qu'ils prennent leur dîner sous forme de dégustation, avec un buffet.

L'excitation qui fourmillait en lui chaque fois qu'il retrouvait la jeune femme le saisit à la gorge. Elle était ravissante, dans une robe mauve aussi fraîche que le printemps, une ceinture dorée pour souligner sa taille. Le décolleté était sage mais il repéra, sur la peau très fine de sa gorge, le coquillage du collier qu'il lui avait offert sur un marché, quelques jours auparavant.

La finesse de ses traits et son élégance naturelle le rendaient plus admiratif, de jour en jour.

— Jolie robe, lança-t-il avec autant de nonchalance que possible.

La table était dressée avec un goût exquis : en harmonie

parfaite avec le décor rococo de cette pièce, elle avait sélectionné le service en porcelaine à motif de grandes feuilles vertes sur une nappe blanche brodée de petits singes.

— Merci, dit-elle en souriant.

— Mais très mauvaise stratégie en tant que cheffe, ajouta-t-il. Comment veux-tu que je m'intéresse davantage à ce que tu as préparé qu'à ce qu'il y a sous cette robe ?

Sam s'esclaffa et secoua la tête, consternée.

— Oh ! là, là... Rafael ! C'est digne d'un bistrot, ce genre de réplique !

— Pas faux, reconnut-il avec un petit sourire. On rembobine et je recommence : ta table est très jolie, mais nous aurions pu manger à la cuisine, non ?

— Non ! Parce que je veux te convaincre de mes talents pour devenir cheffe ici. Sur cette île où je me sens si bien. Six mois pour commencer, comme tu l'avais prévu... et plus si affinités.

Ils avaient évoqué cette possibilité dans la matinée. Elle y songeait depuis un moment, même si elle ne lui révélait pas *toutes* ses motivations. En fait, elle ne se voyait pas en train de chercher un emplacement pour son futur restaurant dans le Yorkshire – du moins, pas dans l'immédiat. Elle adorait cet archipel, le rythme de la vie locale, les marchés, les artisans, la cuisine...

Ils allaient bientôt se séparer. Paradoxalement, Samantha se sentirait beaucoup plus loin de Rafael en travaillant dans son restaurant, ici, pendant qu'il retrouverait son quotidien de milliardaire urbain à Londres, New York et Pékin.

— Bien, répondit-il d'un ton complice. Je ne demande qu'à être convaincu.

— Ce soir, proposition de hors-d'œuvre et entrées, dit-elle en désignant la grande table qui servait de buffet.

Il la suivit, et elle lui donna le nom et les qualités de chaque vin d'apéritif. Puis, les sauces : elle en avait préparé quinze pour les beignets, acras, ravioles de fruits de mer, encornets et crevettes.

— Ces crevettes sont incroyables ! s'exclama-t-il. Tu as trouvé un nouveau fournisseur ?

— Le meilleur pêcheur des trois îles du nord, confirma-t-elle. Et j'ai obtenu l'exclusivité.

Durant un long moment, ils discutèrent devant le buffet, échangeant des considérations professionnelles à propos de la carte du bar, de celle du restaurant, des tarifs et des menus du jour.

Puis, lorsqu'ils s'assirent pour goûter à quatre variétés de gâteaux de crabe, Samantha se laissa encore hypnotiser par sa voix grave, son regard magnétique et son parfum.

Depuis qu'ils travaillaient ensemble à l'hôtel, les journées défilaient tellement vite ! Leurs nuits étaient vouées au plaisir, et lors des repas, sans même s'en apercevoir, ils s'étaient mis à échanger des confidences sur le passé.

Oui, Rafael Moreno, l'homme d'affaires qui ne parlait jamais de lui à quiconque, s'épanchait désormais auprès d'elle avec une facilité déconcertante… Et c'était réciproque.

Comme s'il devinait ses pensées, il observa :

— Tu sais, c'est un peu grâce à toi que je me sens plus enclin à pardonner à mon père.

— Ah ? Comment cela ?

— Eh bien, tu as traversé une période très dure, toi aussi.

Et pourtant, tu n'es devenue ni amère, ni cynique. Tu crois toujours au grand amour, au prince charmant avec qui tu seras un jour « heureuse avec beaucoup d'enfants ». Je comprends mieux comment mon père a pu accepter d'être, à ses propres yeux, un amant inconsolable, un homme brisé par un chagrin d'amour.

Sam fronça les sourcils.

— Je suis contente que tu te sentes plus proche de lui, mais en ce qui me concerne, je n'attends pas un prince à épaulettes d'or galopant vers moi au coucher du soleil !

— Tu en es bien sûre ? railla-t-il.

— À la réflexion, peut-être que c'est exactement à cela qu'il ressemble…

Le moment était-il venu ? Cet instant qu'elle s'était promis de saisir au vol, sans céder à la peur ?

Il y avait des jours qu'elle savait que « ça » ne marcherait pas. Rafael avait voulu « épuiser leur passion », or elle était plus rayonnante encore qu'aux premiers jours.

Il y avait près de trois semaines qu'ils étaient arrivés sur l'île – et qu'ils vivaient sous le même toit. Entre eux, tout n'avait fait que grandir, se renforcer et s'épanouir : le désir, la complicité et… en ce qui la concernait, l'amour.

Elle avait réfléchi. Ce serait moins douloureux pour elle de lui avouer ses sentiments que de les garder secrets. Il fallait qu'elle se lance.

— Tu sais ce que je m'apprête à te dire, n'est-ce pas ? demanda-t-elle très bas, arrimant son regard au sien.

Rafael posa sa fourchette et haussa les sourcils.

— Non, je ne sais pas. Mais je t'écoute, Sam.

Maintenant. Maintenant. Maintenant ! Elle prit une longue inspiration et déclara :

— Je suis amoureuse de toi, Rafael.

Le silence fut bref.

— Non, tu ne l'es pas, décréta-t-il.

Il jouait avec sa fourchette, évitant son regard. Mais elle n'avait pas l'intention de se laisser aussi aisément abattre.

— Ne me dis pas ce que je ressens, Rafael.

— Ça ne fait pas partie du plan.

— Les plans ne fonctionnent pas toujours comme on l'a prévu, opposa-t-elle. La preuve, quand je t'ai rencontré, tu me déplaisais au plus haut point. Et pourtant, tu m'attirais. Je ne comprenais pas pourquoi.

— Honnêtement, je ne vois pas où tu veux en venir, et je refuse de rentrer dans ce genre de conversation, lâcha-t-il en se levant.

— Rafael ! protesta-t-elle. Tu as peur de l'engagement, peur d'affronter tes émotions. Alors concentre-toi sur ce qui est réel et tangible : ces dernières semaines, nous avons tout partagé, et ça a été merveilleux. Nous sommes tellement complémentaires ! Ensemble, toi et moi, on accomplit du bon travail. Et surtout, on se *parle*. On se *parle* vraiment. Je n'avais aucun désir de tomber amoureuse de toi, crois-moi, et pourtant c'est arrivé. Et je trouve que nous avons déjà réussi tellement de choses que…

— Je regrette de te décevoir, Samantha, mais non. Je ne ressens pas la même chose que toi. Probablement parce que je ne cherche pas l'amour. Je pensais que nous étions semblables à cet égard, mais je me suis trompé. Si j'avais pu prévoir que tu prendrais cette charade pour une véritable histoire, je ne t'aurais jamais proposé de tenir ce rôle.

Chaque mot l'atteignait comme une désillusion cruelle.

Elle regardait un homme qui venait de fermer son armure. Comment pouvait-il se comporter ainsi ?

— Non, murmura-t-elle en retenant ses larmes.

— Je t'aime bien, Sam, ajouta-t-il avec compassion. Mais trouver quelqu'un sympathique, ce n'est pas éprouver de l'amour. Ça veut juste dire qu'on apprécie la compagnie de l'autre.

— Très bien, conclut-elle en se levant.

C'en était trop. Dans son chagrin perçait enfin la colère.

— Je vais faire mes bagages et rentrer chez moi.

Il prit un air imperturbable et croisa les jambes.

— Si tu veux. Je peux te réserver un billet pour demain.

Elle afficha un sourire glacial.

— Oui, merci, asséna-t-elle.

— Reste ici, je dormirai à l'hôtel.

En silence, elle traversait la véranda pour remonter dans sa chambre quand il lança :

— Et Sam ?

Elle se retourna. Il la considérait d'un air presque absent.

— Je suis navré de ne pas pouvoir t'offrir ce que tu espères. Mais crois-moi, un jour, tu songeras à ce moment, et tu me remercieras. Tu mérites de trouver quelqu'un qui coche les bonnes cases.

Hormis la dernière phrase, ce discours devait être l'un de ses classiques favoris, un mantra répété à chaque rupture. Ignorant la douleur qui lui vrillait la poitrine, elle acquiesça et sortit.

13

Rafael sut exactement à quel moment Samantha quittait l'île. Il se trouvait à l'hôtel quand, la veille, il avait vu l'avion prendre de l'altitude. Parce que le trafic aérien était limité, parce qu'il connaissait cette ligne long-courrier. Très vite, il avait détourné les yeux de la fenêtre, pour ne pas se rappeler la dureté de ses paroles, au moment où il la rejetait.

Lui non plus, ne tarderait pas à rentrer en Angleterre, mais il avait chargé son assistante de veiller à tous les besoins de Samantha. De procéder à un virement direct sur son compte, de rédiger la lettre de recommandation dithyrambique qu'il signerait, de trouver les assistants de gestion dont la jeune femme aurait besoin quand elle saurait quel type de restaurant elle montait.

Quant aux fausses fiançailles, rien n'avait fuité dans la presse : seule la mère de Sam avait eu droit à ce scoop et, désormais, elle pourrait se réjouir que sa fille soit débarrassée de lui.

Du grand méchant loup. Du personnage nocif qui exerçait une influence détestable sur ses enfants. Rafael voulait bien porter ce costume. Non, ça ne le dérangeait pas du tout.

Une femme amoureuse ? Non merci. Si seulement il ne s'était pas laissé envoûter par un accord charnel aussi unique ! La seule et unique raison qui le poussait à prolonger leur liaison, c'était le sexe.

Et les conversations à bâtons rompus. Et les rires. Et la dynamique de leurs échanges. Et les gestes tendres, cria, du fond de son esprit la voix de sa conscience.

Il ferma les yeux et prit une longue inspiration. Elle était partie la veille et il avait l'impression que c'était au siècle dernier.

L'après-midi touchait à sa fin, et il se sentait dans le même état de zombie qu'au réveil. Lors de chaque réunion vidéo, et à chaque dossier qu'il consultait, sa concentration expirait au bout de deux ou trois minutes. Après quoi, son interlocuteur ou les papiers qu'il lisait devenaient flous. Il n'entendait plus que les battements désespérés de son cœur et leur écho répété à l'infini dans le vide de sa pensée.

Agacé, il rabattit brutalement l'écran de son ordinateur et songea qu'il devait, tout simplement, couver quelque chose. Une allergie à une plante locale pouvait expliquer son malaise. Pressant doucement ses tempes des deux mains, il ferma les yeux. Sa migraine était plus forte encore qu'au matin.

Le soleil se coucha. Il aurait dû quitter son bureau, aller prendre un verre avec le directeur de la sécurité, dernier employé à quitter les lieux. Il aurait dû se réjouir avec lui de l'ouverture prochaine du complexe.

Mais il faisait les cent pas, encore et encore, et son

esprit était vide. Il avait perdu toute capacité à se réjouir de quoi que ce soit.

Tandis que le crépuscule se fondait dans la nuit noire, Rafael restait là, assourdi par le martèlement de ses tempes. Il torturait ses yeux à contempler, au-dehors, la découpe des palmes vert sombre sur le bleu profond du ciel.

Où était-elle ? Il revoyait la petite flamme qui dansait dans son regard vert, lorsqu'elle lui désignait le buffet de hors-d'œuvre, ce soir-là. Son visage rayonnant, sa silhouette si gracieuse dans sa robe mauve.

Bon, seul un imbécile resterait ici à tourner en rond toute la nuit, décréta-t-il, exaspéré par sa propre inertie. Ce soir, il ne dormirait pas à l'hôtel. Il allait rentrer chez lui.

Moins de vingt minutes plus tard, lorsqu'il pénétra dans la villa, il regretta sa décision. Les pulsations sous son crâne répondirent au dérèglement de son pouls, et il sentit le goût amer du désespoir dans sa bouche.

Ce vide ! Ce silence ! Cette absence...

Dans le salon, il avait l'impression de contempler le décor d'une fête abandonnée. Comme si tout était prêt pour célébrer un événement heureux, et que personne n'était venu.

Rafael voulut repousser cette impression, mais lorsqu'il monta à l'étage, il retrouva leur suite... propre, rangée, impeccable. Vide. Sans âme. Triste.

Terrassé par le choc, il tomba à genoux sur le tapis et enfouit son visage entre ses mains. En revenant ici, il avait ouvert la boîte de Pandore. Oh ! bon sang, qu'avait-il fait ? Tous les souvenirs des trois dernières semaines défilèrent sous ses yeux, depuis l'instant où une jeune furie pleine de panache avait pénétré dans son bureau, à Londres, pour l'accuser de haute trahison, jusqu'à son dernier regard – oh, ce regard brisé qu'elle lui avait jeté en partant faire ses valises...

Ces trois semaines d'enchantement crépitaient de flash-back dans sa pauvre tête. Un feu d'artifice lui renvoyait le son cristallin de son rire, son regard derrière le masque de plongée, quand ils s'approchaient des plus belles créations de la nature, son visage chaviré par le plaisir, quand il la menait vers l'extase, la douceur de son petit corps chaud blotti contre lui au matin... Avec elle, ce qu'il croyait impossible coulait de source. Il lui avait raconté ce qu'il n'avait jamais dit à personne. Samantha était dépositaire de ses secrets les plus intimes et jamais, pas un instant, il n'avait éprouvé la moindre gêne à cette idée. Comment un tel changement avait-il pu se produire en lui sans qu'il s'en rende compte ?

Fallait-il qu'il ait vécu sa vie comme un prisonnier, pour trouver la liberté si naturelle ? C'était bien davantage qu'une folle passion sur le plan physique. C'était plus que leurs gestes tendres. C'était plus grand que leur complémentarité professionnelle, leur complicité, leurs goûts communs, et la conjugaison parfaite de leurs désirs...

C'était l'amour, le vrai. Le seul qui puisse le rendre heureux. La simple idée de passer une journée de plus sans elle lui apparaissait comme un châtiment insoutenable – il ne s'en remettrait pas.

Sans Samantha la vie n'était plus la vie. Et au lieu d'écouter ses paroles si sobres et si justes, ce dernier soir, il s'était comporté comme un automate, se recroquevillant dans sa coquille. Et il l'avait blessée. Jamais il ne se pardonnerait de lui avoir fait du mal.

Sauf si elle consentait à lui pardonner ?

Samantha était rentrée depuis moins de vingt-quatre heures quand une alerte sonore sur son mobile annonça un message, et que le nom de Rafael s'afficha à l'écran.

Le chagrin qu'elle contenait si mal l'étrangla à nouveau. Durant tout le vol du retour, elle avait été confrontée à elle-même. L'échec, la douleur, la colère, le désespoir.

Les yeux rougis par les larmes et le cœur en miettes, elle n'était pas en état d'exécuter le plan initial, et d'aller fièrement mentir à sa mère, lui annoncer qu'elle avait rompu avec Rafael.

Non, retrouver le Yorkshire tout de suite, c'était trop dur. Elle avait besoin de quelques jours pour rassembler ses esprits et réfléchir à la suite.

Elle avait décidé de passer quelques jours à Londres et, comme elle préférait éviter de rester seule, elle appela Meg, l'une de ses anciennes amies de fac, qui habitait à Notting Hill.

« Je te ferai la cuisine », promit-elle.

Ravie de l'accueillir pour quelques jours, Meg l'avait quittée tôt pour traverser Londres et gagner son bureau d'urbaniste dans une grande association. Samantha se retrouvait seule pour la journée entière : afin de ne pas se laisser happer par le tourbillon de ses idées noires, elle sortit prendre un café dehors et fit les courses afin de préparer à Meg sa tourte à la viande favorite.

Elle était en train d'ouvrir la porte de l'appartement quand elle reçut le texto de Rafael.

La gorge serrée, elle hésita. Elle était épuisée par le décalage horaire et une nuit d'insomnie sur le canapé de Meg.

Enfin, elle se décida à lire le message. Il voulait la voir.

C'était évidemment pour lui parler d'argent, et elle fut tentée de l'envoyer au diable. Seulement à la réflexion, elle ne tenait guère non plus à subir un interminable échange de courriels – le virement, la double signature, les courriers de recommandation, le classement du contrat... Mieux valait subir quinze minutes de face-à-face en serrant les dents, récupérer tous les documents et en avoir définitivement terminé.

Leur rendez-vous aurait lieu dans son bureau. Partout dans l'immeuble ses employés seraient en train de circuler et de travailler. On entendrait le hoquet des imprimantes et la rumeur de centaines de smartphones... Pour la vingtième fois, Samantha se répéta que ce décor était idéal pour le point final de leur histoire. La boucle serait bouclée.

Néanmoins, en fermant la ceinture fine sur sa robe grise, elle se demanda pourquoi il n'avait pas proposé un entretien vidéo à distance. Que tenait-il tant à lui dire qui ne puisse se transmettre autrement que *de visu* ?

Elle n'entretenait aucune illusion, elle ne nourrissait aucun rêve absurde. Il n'existait pas une chance sur un milliard que Rafael Moreno veuille regarder leur aventure pour ce qu'elle était : le prélude de quelque chose qui n'arrivait qu'une fois dans une vie.

Sa réaction à sa déclaration d'amour avait été si radicale,

si violente que le plus léger doute était levé : jamais il ne changerait.

Non, s'il voulait la voir, c'était certainement pour l'informer d'une nouvelle nuisance de la part de Victoria ou d'un détail à régler concernant la comédie qu'ils avaient jouée pour ses associés.

Sam s'était conditionnée. Elle écouterait ce qu'il avait à dire, point. Son amie Meg lui avait fait promettre qu'elle partirait dès qu'elle se sentirait trop mal – et elle avait promis.

Rafael Moreno avait une armure en acier ? Eh bien elle aussi. Et lorsqu'elle franchirait le seuil de son horrible cube de béton, elle serait prête à gagner le tournoi.

Rafael fut pétrifié sur place, lorsque son assistante ouvrit la porte et fit entrer Samantha.

Il se tenait assis derrière son bureau depuis plusieurs heures, fébrile, à regarder l'aiguille des secondes trotter sur sa montre.

C'était comme de la voir pour la première fois. Il avait l'impression de recevoir un coup dans l'estomac. Toute l'harmonie présente dans la nature avait conspiré pour créer un être aux traits si fins, si purs. Ce petit nez bien droit, au milieu d'un visage illuminé par le vert de ses yeux. Cette bouche aussi fraîche qu'un fruit d'été. Ce corps souple et dynamique, débordant de vie.

Elle avançait dans la pièce à pas hésitants. S'il était bouleversé par sa démarche embarrassée, la pâleur de son visage lui broyait le cœur. Elle était si menue ; à la fois si vulnérable par la silhouette, si impressionnante par sa force de caractère…

Il ignorait par où commencer. Depuis quelques années, il avait la possibilité d'établir son bureau n'importe où dans le monde, à condition d'être au moins deux jours par semaine au siège. Il savait qu'elle aimait l'île, la villa, le restaurant du complexe hôtelier pour lequel elle avait commencé à travailler une carte ambitieuse. Mais si elle souhaitait rester dans le Yorkshire ou goûter à la vie londonienne, il s'efforcerait de trouver le moyen de… Non, il plaçait la charrue avant les bœufs, songea-t-il, et il fallait commencer par le commencement : leurs retrouvailles.

— Bonjour Samantha, annonça-t-il. Merci, je n'étais pas sûr que tu viennes.

— Tu ne m'as pas vraiment laissé le choix, dit-elle d'un ton cinglant. Alors je suis venue entendre ce que tu as à me dire.

— Oui.

Elle le fusilla du regard.

— Eh bien vas-y, insista-t-elle. Je t'écoute.

— Viens par ici, suggéra-t-il en désignant le coin salon de son bureau.

Face à une bibliothèque, le canapé et les deux fauteuils entouraient une table basse où il avait fait porter le thé noir que Sam aimait tant, ainsi qu'un assortiment de macarons.

Il la regarda s'installer ; elle déboutonna sa veste en tweed sans l'ôter, révélant son pull blanc sur une jupe bleu marine et des godillots à lacets. Malgré lui, il songea au ravissant petit maillot de bain deux pièces rouge cerise qu'elle portait sur le bateau. Elle était tellement sexy, tellement attirante dans… Oh ! bon sang, il fallait qu'il garde tout son sang-froid pour lui dire ce qu'il avait à lui dire, songea-t-il.

— Je n'ai pas l'intention de m'attarder, Rafael, prévint-elle. Parle, et fais-moi signer ce que tu veux. Ensuite, je m'en vais.

— Il n'y a rien à signer, répondit-il, croyant la mettre à l'aise.

Mais lorsqu'il prit le fauteuil face au sien, il réalisa qu'il obtenait l'effet inverse : tendue à l'extrême elle serrait les accoudoirs du fauteuil avec la décontraction d'un patient chez le dentiste.

— Je... Je suis content de voir que tu es arrivée chez nous saine et sauve, reprit-il.

Il maudissait sa maladresse.

— Je ne suis pas venue échanger des platitudes sur les transports ou la météo.

— Écoute, Sam... Je comprends que tu m'en veuilles, assura-t-il. Mais...

— Je ne suis pas venue non plus pour commenter notre dernière discussion, coupa-t-elle sèchement. C'est fini, maintenant, tout ça. Je suis passée à autre chose.

Leurs regards se rencontrèrent et il mesura la profondeur du chagrin qu'il lui avait infligé. Elle était tellement furieuse contre lui qu'il se serait senti moins en danger dans la cage d'une tigresse.

Sa tactique d'approche était catastrophique. Il fallait corriger le tir immédiatement, aller droit au but.

— Samantha, reprit-il d'une voix raffermie, tu ne peux pas savoir combien je suis heureux de te revoir. Tu m'as manqué. J'ai été le roi des imbéciles.

— Que cherches-tu à me dire, au juste ? demanda-t-elle d'un ton où perçait la nervosité.

— Je ne te reproche pas d'être amère, parce que, le dernier soir, j'étais censé répondre favorablement à l'aveu de tes sentiments et, euh…

— Qu'est-ce que tu racontes ? Tu as l'intention de me mentir, maintenant ?

Choqué, il se défendit avec véhémence.

— Je ne mens jamais. Tu le sais, je te l'ai dit !

— Tu m'as dit aussi que tu es un homme qui obtient toujours ce qu'il veut. Si tu as décidé que tu voulais encore coucher avec moi, oui, je te crois capable d'inventer n'importe quoi !

— S'il te plaît, Sam, écoute-moi. J'ai initié un jeu dangereux. Je ne pensais pas si bien m'y laisser prendre. Puis, j'ai cru qu'il était possible de trouver un consensus dans le cadre d'une brève liaison, mais… La vérité, c'est que nous avons vite été bien plus que des amants. Peut-être que, dès le départ, nous étions amoureux. Mais il m'était impossible de regarder mes propres sentiments en face. Jusqu'à ce que… tu me quittes.

Le cœur battant à coups frénétiques, Samantha fixait Rafael, sans oser croire le sens de ce qu'elle entendait. Elle devait rêver.

— Continue, chuchota-t-elle, le front en feu.

— Je me sentais déjà malade au moment où je t'ai vue quitter la véranda, mais j'étais paralysé. Je ne savais pas quoi faire. J'ai toujours cru que j'étais incapable d'aimer une femme, parce que je n'ai connu que l'amour de mon père. Et quand tu es sortie de ma vie, j'ai compris. La vérité m'a sauté au visage. Tu m'inspires des sentiments que je n'ai jamais éprouvés avant de te connaître, Samantha.

— En quelques heures, tu as opéré une révolution aussi radicale ? lâcha-t-elle, écartelée entre le désir d'y croire et la nécessité d'être prudente.

Elle se rappela ses confidences à propos de cette mère indigne qui avait abandonné son fils du jour au lendemain, sans se retourner. Bien sûr, une trahison pareille laissait des traces. Heureusement, le père de Rafael avait veillé à compenser l'irresponsabilité de sa femme en couvant son fils d'une adoration totale.

Rafael Moreno n'était pas un homme d'affaires calculateur ou froid. Au contraire, il avait le tempérament latin de ses ancêtres. La franchise et la générosité de cœur qui allaient avec. Au complexe hôtelier, Sam avait pu constater que tous les employés l'appréciaient. Pourtant, il s'était persuadé qu'il n'était pas digne d'amour.

— Oui, affirma-t-il. L'évidence a recouvert tous les alibis que je m'inventais. La perspective de ne plus te voir était intolérable, j'en ai pleuré. Je t'aime, Samantha, et je suis incapable d'envisager ma vie sans toi. Je sais ce que je veux. J'espère seulement qu'il n'est pas trop tard pour te prier de devenir ma femme. Pour de vrai. Pour toujours.

Des larmes silencieuses roulaient déjà sur ses joues quand, d'un même élan, ils se levèrent, et qu'elle se précipita dans ses bras. Son cœur battait tellement fort qu'il allait exploser – mais si Rafael était là, elle n'avait pas peur.

— Tu veux bien ? murmura-t-il en plongeant un regard amoureux dans le sien.

Elle sourit. D'abord timidement, puis en laissant déborder sa joie.

— Oui, souffla-t-elle, hissée sur la pointe des pieds.

Elle parvint à effleurer sa bouche de la sienne, avant de caresser, du bout des doigts, le visage de l'homme qu'elle aimait.

— Oui, je veux t'épouser, reprit-elle. Nous allons vivre notre conte de fées bien à nous, Rafael Moreno ! Et crois-moi, ce conte de fées n'aura pas de fin.